오래된
뜬구름

오래된 뜬구름

苍老的浮云

찬쉐 중편소설
김태성 옮김

苍老的浮云
by DENG XIAOHUA(邓小华)

Copyright (C) 2020 by DENG XIAOHUA
Korean copyright (C) 2025 by The Open Books Co.
All Rights Reserved.

Korean language edition arranged with DENGXIAOHUA
through Linking-Asia International Co., LTD.

차례

오래된 뜬구름

인성의 잔인함과
옮긴이의 말

추악함에 대한 극단적 상상

7

181

제1장

1

닥나무의 새하얀 꽃이 빗물을 잔뜩 머금어 몹시 무거워졌다. 잠시 후 투둑 하는 소리와 함께 한 송이가 땅바닥에 떨어졌다.

경산우更善无는 밤새 이렇게 번거로운 향기 속에서 꿈을 꾸고 있었다. 그 향기 속에는 사람들로 하여금 하수도물을 연상케 하는 혼탁한 냄새가 섞여 있었다. 그 냄새를 맡은 사람은 머리가 어지러워져 온갖 엉뚱한 생각을 하게 되었다. 경산우는 얼굴이 빨간 여자가 수없이 한데 모여 머리를 창문 밖으로 내밀고 있는 모습을 보았다. 여자들은 하나같이 목이 극도로 길고 가늘었다. 머리를 길게 늘어뜨리고 있는 모습이 커다란 독버섯 군락 같았다. 대낮에 마누라가 몰래 갈고리를 하나 만들어 대나무 장대에 고정시킨 다음, 그걸로 한 송이 한 송이 꽃을 따서는 잘

빻은 다음 국에 넣고 끓였다. 마누라는 이리저리 감추고 몸을 숨기면서 쉴 새 없이 엉덩이를 들어 올렸다. 스스로 자신의 행동이 아주 비밀스럽다고 생각하는 것 같았다. 마누라는 그 기괴한 국을 마시고는 밤중에 냄새가 고약한 방귀를 뀌었다. 한 번 또 한 번 쉬지 않고 방귀를 뀌어 댔다.

「담장 구석에 도둑놈 하나가 쪼그리고 앉아 있어!」 그가 다소 과장된 표정으로 소리를 지르면서 줄을 잡아당겨 전등을 켰다.

무란慕兒이 후 하고 자리에 앉아 머리가 마구 흐트러진 채 발을 침대 밑으로 길게 뻗어 슬리퍼를 찾았다.

「꿈을 하나 꿨어.」 그가 한숨을 내쉬었다. 얼굴에는 희미하게 웃음기가 번지고 있었다.

〈어쩌면 오늘 무슨 일이 일어날지도 몰라.〉 그는 문을 나서려다가 이런 생각을 했다. 〈게다가 비가 이미 그쳤으니 곧 해가 나오겠지. 해가 나오면 모든 게 다 달라질 거야. 일종의 신생新生이라고 할 수 있겠지. 참신한 시작이 다가오는 거야. 일단…….〉 그는 머릿속에서 자신의 생각을 과장할 수 있는 단어를 찾았다.

문을 열자마자 그는 놀라서 펄쩍 뛰었다. 땅바닥 가득 꽃이 떨어져 있었다. 밤비를 맞아 떨어진 꽃들은 여전히 탐욕스럽고 생기가 넘치는 모습이었다. 있는 힘을 다해 땅 위의 빗물을 빨아들였는지 한 송이 한 송이가 전부 똑바로 서 있었다. 그는 화가 나서 안하무인의 태도를 보이고 있는 작은 꽃 한 송이를 밟아 버리고 발끝으로 땅바닥 위에 얕은 구멍을 만들었다. 진흙이 꽃들을 집어삼켰다. 그가 철벅철벅 소리를 내면서 이런 짓을 하고 있을 때, 깜짝 놀란 여자의 비쩍 마른 얼굴이 이웃집 창살 사이로 나타나더니 이내 방 안의 어둠 속으로 사라져 버렸다.「쉬루화虛汝华인가…….」그는 어렴풋이 한 여자를 떠올리다가 갑자기 방금 자신의 행동을 그 여자가 훔쳐보았다는 걸 깨닫고는 온몸이 불편해졌다.「떨어진 꽃 냄새가 어찌나 미치도록 코를 찌르는지 썩은 배추인 줄 알았네!」그는 신발 바닥에 묻은 진흙을 계단 위에 비벼 긁어 내면서 목을 삐딱하게 기울이고는 큰 소리로 변명하듯 말했다. 무란은 침대에서 몸을 뒤척이면서 불안해하다가 한숨을 내쉬면서 몽롱한 정신으로 중얼거렸다.「맞아, 뭣 때문에 이런 꽃들이 필요하다는 거지? 이 귀신 같은 꽃들을 보면 곧장 식욕이 올라온단 말이야. 말도 안 되는 일이야. 나는 먹고 또 먹어서 머리가 흐리멍덩해져서는 지금 어디에 살고 있는지조차 모르잖아. 항상 늪에 누워 있고 주위의 흙탕물이 거품을 뿜어내고 있다는 생각이 든단 말이야…….」이웃집의 컴컴한 창문에서 가벼운 숨소리가 들려오는 것 같았다. 그는 얼굴이 뜨거워지면서 고개를 숙인 채 비틀비틀 걸어 나가며 걸음마다 떨어진 그 꽃들을 전부 밟아 버렸다. 그러고는 뒤도 돌아보지 못하고 도둑처럼 도망쳐 왔다. 쥐 한 마리가 그의 앞에서 죽을힘을 다해 하수구 안으로 도망쳤다.

그는 숨을 헐떡이며 거리로 내달렸다. 쥐의 두 눈이 여전히 그의 좁은 등 위에 멈춰 있었다. 「감시자였어…….」 그는 화를 내면서 욕을 퍼부었다. 그러다가 주변에 사람이 없는 것을 확인하고는 재빨리 길가를 향해 코를 푼 다음, 콧물이 묻은 엄지손가락을 옷섶에 문질러 닦았다.

「누굴 욕하는 거예요?」 얼굴이 새까만 아이 하나가 그를 막아섰다. 손에는 재를 한 줌 쥐고 있었다.

「응?」 재가 얼굴로 날아오는 바람에 눈알이 칼에 벤 것처럼 아팠다.

그날 아침, 쉬루화도 그 떨어진 꽃들을 보았다.

한밤중에 잠에서 깨어나 보니 남편의 입에서 쾅쾅 소리가 났다. 「라오쾅老况, 뭐 하는 거예요!」 그녀는 약간 놀란 표정이었다.

「누에콩을 먹고 있어.」 그가 입을 쩝쩝거리며 말했다. 「바깥에서 나는 냄새 때문에 너무 짜증이 났는데 빗물에 나무 위에 핀 꽃들이 전부 불어 터졌더라고. 당신은 꿈 안

꿔? 의사가 12시 전에 꿈을 꾸면 신경이 망가진다고 하더라고. 나는 누에콩을 한 봉지 볶아 침대맡에 놓아두었다가 꿈을 꾸다 일어나면 곧바로 먹을 작정이야. 계속 먹다 보면 곧 잠이 들더라고. 사흘 연속 이렇게 해봤더니 효과가 아주 좋아.」

잠시 후 그는 정말로 그녀의 몸에 두꺼운 벽 같은 등을 맞대고는 우렁차게 코를 골기 시작했다. 코 고는 소리가 들렸다 멈추기를 반복하는 사이에 그녀는 옆집 침대에 누워 있는 사람이 신경과민 때문에 너무 힘들어 뒤척이느라 침대가 쉴 새 없이 삐걱거리는 소리를 듣고 있었다. 천장 한쪽 귀퉁이로 수많은 쥐가 쉴 새 없이 오가면서 발톱에서 떨어져 나온 먼지 덩어리들이 계속해서 침대 휘장 위를 두드려 대고 있었다. 아주 오래전 아직 소녀였을 때에도 그녀는 엄마가 되고 싶다는 꿈이 있었다. 입구의 닥나무가 붉은 열매를 맺게 된 뒤부터는 그녀의 몸 안이 점점 더 메말라 갔다. 그녀는 항상 배를 두드리며 장난스럽게 말하곤 했다. 「이 안에 갈대가 자라고 있어요.」

「날이 밝으면 꽃들이 땅바닥 가득 떨어져 있을 거야.」 그녀는 힘들게 남편을 흔들어 깨우면서 그의 귀에 대고 큰 소리로 말했다.

「꽃은 어떻게 됐어?」 라오쾅은 정신이 흐리멍덩한 상태로 대꾸했다. 「누에콩이 수면제보다 효과가 더 좋은 것 같아. 당신도 한번 해보라고, 응? 정말 기적 같은 효과라니까…….」

「모든 꽃이 꽃잎 가득 빗물을 머금고 있어요.」 쿵쿵 소리가 나도록 침대를 발로 걷어차면서 그녀가 또 말했다. 「그래서 이렇게 무거운 투둑 소리를 내면서 떨어지고 있잖아요. 안 들려요?」

남편은 이미 또 코를 골기 시작했다.

작은 벌레가 수없이 가슴속에서 꿈틀거리고 있었다. 검은 바람이 나뭇가지의 갈라진 틈 사이로 불어와 무수한 작은 가닥으로 분산되었다. 나무가 바람을 거르는 체인 것 같았다.

날이 밝자 그녀는 창문을 열고 땅바닥에 흩어진 하얀 꽃들을 바라보더니 멍하니 창문 앞에 앉았다.

「누에콩의 효과가 정말 신기하네. 당신도 한번 해봐.」 그녀의 등 뒤에서 남편이 말했다. 「밤 12시 넘어서부터 아주 깊은 잠에 빠져들었어. 그러다가 동이 트려고 할 때가 되니 꿈속에서 도둑놈이 물건을 훔쳐 가는 것 같아 걱정이 되어 발버둥을 치면서 깨어난 거야.」

이때 옆집 남자의 좁고 긴 등이 나타났다. 그는 온 정신을 집중해서 발끝으로 땅에 구멍을 하나 내고 있었다. 그의 모자챙 아래로 한쪽 귀에 난 혹이 보였다. 그의 움직임에 따라 혹도 덜덜덜 떨리고 있었다. 쉬루화의 마음 깊은 곳에 커다란 공백이 생겨났다.

「살충제 좀 뿌려야 할 것 같아. 이런 꽃들은 향기가 아주 특별해서 벌레가 꼬이기 십상이란 말이야.」 라오쾅이 손가락으로 침대 가장자리를 두드리면서 지난밤에 먹은 누에콩 때문에 트림을 너덧 번이나 했다.

저녁 무렵, 쉬루화가 부엌에서 허리를 숙이고 살충제를 뿌리고 있을 때, 누군가 창밖에서 작은 종이 뭉치를 하나 던졌다. 종이를 펼쳐 읽어 보니 이상한 말 두 마디가 비뚤비뚤한 글씨로 쓰여 있었다.

> 남의 사생활을 엿보지 말아 주세요. 그런 행동은 안 하무인의 소치로서 직접적인 간섭보다도 더 포악한 짓입니다.

그녀가 창문 구멍으로 내다보니 시어머니가 길모퉁이에서 비틀거리며 부부의 집을 향해 걸어오고 있었다.

「너희들 사는 집이 꼭 돼지우리 같구나!」 집 안에 들어선 시어머니는 뻣뻣한 자세로 서서 눈을 음흉하게 희번덕거리며 이리저리 눈알을 굴렸다. 콧구멍 안에서는 계속 킁킁 소리가 났다.

「최근에 신경 쇠약 치료에 효과가 좋은 치료법을 또 하나 찾아냈다.」 라오쾅이 사람을 놀라게 할 만한 이상한 웃음을 띠며 말했다. 「엄마, 하늘빛이 이상적인 치료 효과를 갖고 있다는 사실을 제가 알아냈어요.」

「이렇게 천둥이 치는데도 너희는 용감하게 라디오를 켜놓고 있구나!」 시어머니는 손뼉을 치면서 시끄럽게 호들갑을 떨었다. 「우리 옆집은 천둥 칠 때 라디오 켜놨다가 벼락을 맞아서 한순간에 두 동강이 나버렸어! 너희는 항상 괴상한 짓을 해서 자신을 과시하려고 하는구나!」 말을 마친 시어머니는 곧바로 라디오가 있는 쪽으로 다가가서는 탁 소리와 함께 라디오를 꺼버렸다. 그러고는 증오하듯 입에 힘을 주어 침을 뱉고 욕을 하면서 비틀비틀 문을 나섰다.

어머니가 나가자 라오쾅은 신바람이 나서 소리쳤다. 「루화! 루화!」 쉬루화는 부뚜막 아래쪽에 살충제를 뿌리고 있었다.

「왜 대답을 안 하는 거야?」 라오쾅이 약간 화난 표정으로 따져 댔다.

「어머나!」 잠을 자듯 넋이 나가 있던 그녀가 정신을 차렸다. 얼굴에는 희미한 미소가 번졌다. 「전혀 듣지 못했어요. 날 부르고 있었나요? 어머님이 뭐라고 소리를 지르고 계신 줄 알았어요! 당신하고 어머님 목소리가 너무나 똑같아서 전혀 구별하지 못하겠어요.」

「엄마는 우리한테 항상 화만 내시잖아. 이미 나가셨

어.」 그가 울상을 지으며 말을 받았다. 기분이 한순간에 아주 무겁게 가라앉았다. 「엄마 말이 완전히 다 맞아. 우리에게는 독립적인 생활을 할 능력이 너무 부족하잖아.」

그녀가 여전히 잠꼬대하듯 말했다. 「나는 당신이 마당에서 말을 할 때마다 어머님이 오신 거라고 생각하곤 했어요……. 내 귀에 문제가 있나 봐요. 오늘도 나는 당신이 마당에 있으리라고는 전혀 생각지도 못하고 어머님 혼자 그쪽에서 큰 소리로 혼잣말을 하시는 줄 알았잖아요.」

그는 다시 한번 정신을 차려 보려고 시도했다. 「거리의 구두장이 귀에 계수나무꽃이 자라났는데 향이 너무 좋더군. 퇴근하고 돌아오면서 사람들이 그 집 문 앞에 미어터지도록 모여 있는 걸 봤어.」 그는 한쪽 팔을 그녀에게 가까이 뻗어 그녀를 껴안으려는 자세를 취했다.

「이 살충제 정말 무섭네요.」 그녀는 부들부들 몸을 떨었다. 치아가 부딪치는 소리가 났다. 「내가 다 중독된 것 같아요.」

이 한마디에 그는 곧바로 팔을 거둬들였다. 그러고는 전염될 것이 두려운 듯 그녀와 약간 거리를 유지했다. 「당신이 너무 허약해져서 그래.」 그는 입안이 바싹 말랐는지 침을 삼켰다.

희고 커다란 꽃 한 송이가 창턱 위로 날아와 그윽한 어둠 속에서 생기 넘치는 모습으로 흔들리고 있었다.

그는 하수도에서 새끼 참새 한 마리를 주웠다. 이제 막 나는 법을 배우다가 실수로 하수도에 떨어진 것 같았다. 그는 물에 흠뻑 젖은 녀석을 탁자 위에 올려놓았다. 가슴 속에서 여린 심장이 아직 뛰고 있는 것 같았다. 그는 참새의 몸을 이리저리 뒤집으면서 살펴보고 가볍게 두드려 보기도 했다. 그렇게 계속 참새의 숨이 끊어지는 광경을 지켜보았다.

「정말 그런 일이 있는 것 같아요!」 그의 등 뒤에서 무란이 말했다.

「정말 그런 것 같아요!」 열다섯 살 된 딸도 덩달아 엄숙하게 말했다. 손톱을 물어뜯은 손가락으로 손가락질을 하며 말한 것 같았다.

「어떤 사람들은 정말 이해할 수 없다니까요.」

어느새 무란의 어투가 바뀌어 있었다.

「혹시 봤어요? 옆집이 뒤쪽에 울타리를 쳐놓았어요. 아마 꽃을 키우려는 것 같아요. 정말 엉뚱한 생각이 아닐 수 없다니까요! 이웃으로 산 지 8년이 넘었지만 아무리 해도 저 사람들이 속으로 무슨 생각을 하는지 알 수가 없네요. 나는 저 여자가 너무 음흉해 보여요. 저 여자는 우리 집 창문 앞을 지나갈 때마다 항상 흐리멍덩한 모습이에요. 발걸음 소리도 나지 않는다고요! 사람이 어떻게 발걸음 소리를 내지 않을 수가 있지요? 사람이라면 어느 정도 체

중이 있어야 하잖아요. 그렇지 않다면 도대체 어떻게 된 일일까요? 나는 진짜 그 여자가 갑자기 우리 집으로 쳐들어와서 우릴 해치기라도 할까 봐 걱정이에요. 닥나무꽃 냄새도 사람 마음을 불안하게 하고요…….」

경산우는 누런 소포 용지로 된 편지봉투를 하나 찾아 죽은 참새를 넣은 후에 밥풀 두 알로 단단히 붙였다. 그런 다음 벌어진 틈을 꽉꽉 몇 차례 두드렸다.

「나 좀 나갔다 올게.」 그는 큰 소리로 말하고는 죽은 참새가 담긴 봉투를 주머니 안에 넣었다.

그는 이웃집 부엌 바깥쪽으로 돌아가 쪼그려 앉았다. 그러고는 죽은 참새가 담긴 봉투를 창문 안으로 힘껏 던져 넣고 허리를 구부린 채 몰래 집으로 돌아왔.

이웃집 여자가 갑자기 〈어머!〉 하고 놀라더니 자기 남편에게 뭐라고 말을 하는 것 같았다. 그 목소리가 벽 틈새로 전해져 왔다. 너무나 종잡을 수 없고 비현실적인 목소리였다.

「……그때 우리는 항상 잔디밭에 앉아 수건돌리기 놀이를 했었잖아. 해가 진 직후에는 잔디밭이 아직 뜨거워 운이 좋으면 사마귀도 잡을 수 있었지. 나는 늘 다른 사람이 생각하지 못할 때 죽은 쥐를 내던져 버렸어! 작년에는 아주 더운 날 귀뚜라미 한 마리가 침대 다리 밑에서 사흘 밤낮을 꼬박 울어 대기에 틀림없이 몸과 마음이 전부 지쳐 죽었을 거라고 추측했었어……」

경산우의 머릿속에 여자의 두 눈이 떠올랐다. 깊은 못에 고인 물 같은 흐린 초록빛 눈동자였다. 자신의 좁고 긴 등이 그 눈에 감시당하고 있었다고 생각하니 너무나 괴로웠다.

「닥나무의 꽃이 이미 다 떨어졌으니 그 더러운 냄새도 얼마 안 가서 사라질 거야.」 그녀는 어울리지 않는 날카로운 목소리로 계속 말했다. 「누군가 뭔가를 잃어버리고는 떨어진 꽃들 사이로 찾으러 다녔던 것이 분명해. 내가 다 셀 수도 없는 발자국들을 발견했다고……. 그런데 꽃이 비에 맞아 떨어진 걸까 아니면 피어나긴 했지만 무게를 견딜 수 없어서 스스로 떨어져 내린 걸까? 깊은 밤에 방 안을 이리저리 돌아다니다가 달이 나무 끝에 걸려 있는 걸 보았어. 꼭 담황색 털실 뭉치 같았어……」

잠시 후 계단에서 무거운 발걸음 소리가 들렸다. 그녀의 남편이 돌아온 것이었다. 여자의 목소리는 곧바로 끊겼다. 그 여자가 원래 벽에 대고 계속 얘기하는 건지 아니면 다 쓰지 못한 편지를 읽고 있는 건지 알 수 없었다.

점심을 먹으면서 그는 힘껏 물렁뼈를 씹었다. 우적우적 소리가 났다.

「좋아! 잘했어!」 무란이 그를 칭찬하고는 울대뼈를 움직여 벌컥벌컥 소리를 내면서 쏸탕酸汤[1]을 마구 들이켰다.

딸도 두 사람의 그런 모습을 그대로 따라 했다. 입안에서는 우적우적 소리가 나고 목구멍에서는 계속 벌컥벌컥 소리가 났다.

식사를 마친 그는 입가에 묻은 국물을 닦으면서 자리에서 일어섰다. 그러고는 손톱으로 이를 쑤시면서 아내에게 하는 말인지 다른 누군가 하는 말인지 모르게 말했다. 「창살 위에 있는 거미가 모기를 잡겠다고 한 시간 넘게 저러고 있네. 저래 가지고 어디 모기를 잡을 수 있겠어!」

「업무 중 체조 시간에 린林 영감이 바짓가랑이에 똥을 쌌어요.」 무란은 이렇게 말하면서 시큼한 물이 딸꾹질을 타고 올라오자 꿀꺽 다시 삼켜 버렸다.

「오늘은 갈비가 충분히 잘 삶아지지 않은 것 같아.」

「당신이 먹은 건 등심이잖아요!」 그녀가 놀란 눈으로 그를 쳐다보았다.

「내가 먹은 건 척추 안쪽 살이라고.」 그가 거미를 바라보며 말했다. 「내 말뜻은 내가 먹은 게 갈비였다는 거야.」

「에이! 또 사람을 속이고 있네요.」 무란이 장난기 가득한 얼굴로 말했다.

밤이 되자 닥나무꽃의 마지막 잔향 속에서 경산우와 이

---

1 배추와 푸른 채소, 토마토 등을 주요 재료로 하여 만드는 국물 음식으로 위를 건강하게 해주는 효능이 있다. 필요에 따라 파와 양파, 갓, 생선 등을 넣어 특별한 맛을 내기도 한다. 이하 모든 주는 옮긴이의 주이다.

옷집 여자는 같은 꿈을 꾸었다. 두 사람 모두 꿈속에서 눈알이 튀어나온 거북이가 자신들 집 쪽으로 기어 오는 것을 보았다. 문 앞의 마당이 폭우로 인해 진흙탕이 되어 버렸다. 거북이는 진흙탕 가장자리를 따라 쉬지 않고 기었다. 발톱에 진흙을 잔뜩 묻혔지만 끝내 집까지 기어 오진 못했다. 나무 위의 바람이 꿈을 깨뜨리자 두 사람은 각자의 방에서 땀에 젖은 채 잠에서 깼다.

대학을 졸업한 뒤로 그는 삭발을 하고 등에 군용 여행가방을 메고 다녔다. 겨드랑이 아래로 땀이 계속 흘러나와 단내가 났다. 그때 해는 너무나 밝았고 하늘은 커다란 유리 덮개 같아서 그는 늘 실눈을 뜨고 사물을 보아야 했다.

「밤중에 진흙탕에 빠졌어.」 이웃집 여자가 또 날카로운 목소리로 말했다. 「아직까지도 몸이 끈적끈적해. 날이 밝아 올 무렵 바람 때문에 나뭇가지가 우지직 하고 부러져 버렸거든.」

그는 왜 이웃집 여자의 미친 소리를 매번 자기 혼자만 들을 수 있는 건지 몰라 너무나 답답했다. 왜 무란은 듣지 못하는 걸까? 혹시 그녀가 듣고도 못 들은 척하는 것은 아닐까?

무란은 고개를 숙인 채 짧은 손가락의 손톱을 깎고 있었다. 고개는커녕 눈꺼풀 한번 들어 올리지 않았다.

「무슨 소리 못 들었어?」 그가 떠보듯이 물었다.

「들었어요.」 그녀는 태연하게 대답했지만 여전히 고개는 들지 않았다. 「바람이 이웃집 창호지를 타고 사삭 하면서 부는 소리였어요. 그 집 사람들은 하나같이 망조에 든 얼굴을 하고 있더군요. 그 집 남자는 의외로 유리 항아리 하나를 뒤쪽에 두고 검은 금붕어 두 마리를 키우더라고요. 정말 유치하고 웃기는 짓이지 뭐예요! 내가 이미 벽 뒤쪽에 큰 거울을 달아 놨잖아요. 그 거울로 그 집 사람들이 무얼 하는지 다 살펴볼 수 있어요. 아주 편하지요. 그 사람들이 금붕어 기르는 건 너무 끔찍해요.」

땅 위에 짓밟힌 꽃들이 모두 검정색으로 변했다.

그가 문을 열자 그의 눈에 불쑥 비쳐 들어온 것은 이웃집 창가에 있는 여자의 머리였다. 그녀도 다 지고 남은 땅 위의 꽃들을 내다보고 있었다. 두 눈은 탐욕스럽게 번뜩였고 목은 지나치게 길게 빼고 있었다. 금세라도 창문 밖으로 뛰쳐나오려는 것 같았다.

「꽃이 이미 죽었네.」 그는 자신이 생각하지 못한 가벼운 목소리로 말했다.

「꽃은 이미 지나가 버린 거예요. 이 미친 계절이······.」 여자의 입술이 가볍게 움직였다. 하지만 그녀가 말을 하고 있다는 것은 거의 알아채기 어려웠다.

「정말 꿈속을 거니는 사람들의 삶이네. 낮이나 밤이

나……. 하지만 이렇게 빨리 지나가 버리다니! 요즘은 사람을 어지럽히는 꽃이 우리 모두를 미치게 하고 있어. 당신은 꿈에서 이런 걸 본 적이 있어……?」 그는 얘기를 계속하고 싶었지만 이미 그녀가 보이지 않았다.

커다란 유리 덮개 아래서 모든 사물은 노란 타원형으로 보인다. 밖에서 비쳐 들어오는 빛은 그토록 자극적이고, 어디에도 햇빛을 피할 만한 곳은 없다.

꽃들 사이의 꿈이 전부 사라져 버렸다.

2

그가 머뭇거리며 문을 열었을 때 그녀는 탁자 가장자리에 앉아 오이초절임 한 접시를 먹고 있었다. 탁자에는 단지 하나가 놓여 있었다. 오이는 그 단지에서 꺼낸 것이었다. 그녀는 토끼처럼 입술을 움직이면서 가볍게 오이를 씹었다. 거의 아무 소리도 나지 않았다. 그녀는 그를 거들떠보지도 않고 오이 한 조각을 다 먹고 나면 하나를 더 꺼내 눈을 내리깐 채 세심하게 음미하면서 먹었다. 오이의 즙액이 두 번이나 입가로 흘러내리자 그녀는 얼른 혀를 내밀어 깔끔하게 핥아 먹었다.

「한 가지 얘기하고 싶은 일이 있어. 어쩌면 한 가지 일이라기보다는 일종의 상징에 불과한 것인지도 몰라」 그는 속마음을 떠보는 것 같기도 하고 화를 내는 것 같기도 한, 이상한 어투로 입을 열었다. 「당신도 본 적이 있지 않아? 아니면, 그런 예감이 들지 않아?」

쉬루화는 멍한 표정으로 그를 한번 쳐다보았다. 그러고는 아무 말도 하지 않고 다시 눈을 내리깐 채 먹던 오이를 계속 먹었다. 그녀는 그 수상쩍은 이웃 남자가 마당에서 늘 하는 작은 행동들이 자신의 시선을 가로막았던 기억이 떠올랐다. 점심 식사 때 라오쾅은 그녀가 오이초절임 먹는 것을 보고 깜짝 놀라서 신 음식을 많이 먹으면 신경이 다 망가질 수 있으니 그만 먹으라고 당부했다. 하지만 그녀는 그가 출근하기를 기다렸다가 혼자 마음껏 먹기 시작했다.

「내가 꿈속에서 그걸 보았을 때 창문 뒤에 누군가가 앉아 있는 것 같았는데 지금 그게 누구였는지 생각났어……. 당신도 얘기 좀 해봐. 그 진흙탕에서 거북이가 얼마나 오래 기어 올라왔지?」 그는 단념하지 않고 끝까지 그녀를 귀찮게 했다. 「그 진흙탕이 우리 마당 안에 있는 거 맞지?」

「죽은 참새는 어떻게 된 일이에요?」 그녀는 입을 열긴 했지만 여전히 그를 쳐다보지도 않았다. 손수건을 꺼낸 그녀는 입가를 한 번 닦으면서 말을 이었다. 「요 며칠 동안 나는 계속 집 안에 살충제를 뿌렸어요.」 그녀의 목소리는 너무나 냉정했다. 그의 머릿속이 돌로 가득 차기라도 한 것처럼 콰르릉 소리를 냈다.

「마음속이 좀 허전해서 그런 것뿐이야.」그는 어색한 표정으로 자기가 한 짓을 인정했다. 「당신도 알다시피 그 꽃들은 사람의 마음을 불안하게 하는 것 같아. 한때는 나도 꽤 괜찮았지. 지질 팀에서 일했던 적도 있잖아. 산이 아주 높아 해가 너무 가깝게 느껴졌었지. 그야말로 손을 뻗기만 하면 닿을 수 있을 것 같았어……. 물론, 이런 얘기는 아무 의미도 없겠지. 우리가 같은 지붕 아래서 8년을 살면서 당신은 매일 나를 봐왔고, 당신이 날 봤을 때부터, 나는 이랬으니까. 밤에 거북이가 기어 왔을 때 당신은 이 집에서 뒤척거렸고 나는 침대가 삐걱거리는 소리를 듣고 마음속으로 옆집에서도 누군가 나와 똑같이 악몽에 시달리고 있을 거라고 생각했지. 악몽이 작은 집을 습격해 창문을 뚫고 들어와서는 당신 몸을 짓누른 거야……. 나무에 붉은 열매가 열리면 그때는 풍뎅이가 날아 들어와 우리가 평온히 잘 수 있게 돼. 매년 그랬어. 나는 밤에 벽돌 두 장으로 베개를 꼭 눌러 놓곤 했지. 갑자기 울어 대서 깜짝 놀랄 수도 있으니까 말이야. 당신이 하루 종일 살충제를 뿌리는 바람에 모기들은 다 죽었잖아. 어둠 속에서 뭔가가 몰려올 때면 무서운 생각이 들지 않아? 나는 모기가 내 귓가에서 윙윙거리는 게 좋더라고. 나에게 용기를 북돋아 주는 것 같거든…….」이런저런 얘기를 늘어놓다 보니 그 자신도 놀라움을 금치 못했다. 도대체 무슨 말을 하고 있는지도 알 수 없었다.

「가서 살충제를 뿌려야겠어요.」그녀는 그를 바라보면서 이렇게 말하고는 자리에서 일어나 분무기를 가지러 갔다. 몇 걸음 걷던 그녀가 다시 뒤돌아서 말했다.「나는 뒤쪽 화분에서 흰독말풀을 키우고 있어요. 사람들 말로는 이 식물이 정말 대단하대요. 꽃을 두 송이만 먹어도 곧장 죽음에 이를 수 있대요. 나는 이 식물이 좋아요. 끝없는 꿈을 불러와 주거든요. 당신 아내는 항상 거울로 우리를 훔쳐보곤 하지요? 당신이 마음속에 있는 그 일을 이야기하고 싶다면 내가 기분 좋을 때 언제든 와서 얘기해도 돼요.」

그가 입을 열어 뭔가 말하려고 했지만 그녀는 이미 뒤쪽에 있는 방으로 가서 칙칙 소리를 내면서 살충제를 분사하고 있었다.

그녀가 힐끗 거울을 들여다보니 거울 속에 비친 사람이 기체 속에서 이리저리 떠다니고 있는 것 같았다. 그의 가슴에는 기름 얼룩이 번쩍거리고 있었다. 그녀는 오후에 국물을 먹을 때 정신이 딴 데 팔려 조금 흘렸던 일이 생각났다. 갑자기 몹시 부끄러운 느낌이 들었다. 무엇 때문에 이렇게 낯선 기분이 드는 건지 알 수 없었다. 아마도 별 의미 없는 사소한 일 때문이었을 것이다. 어쨌든 잘 기억이 나지 않았다. 옆집 남자가 얘기할 때 그녀는 자신이 애기를 하고 있다고 느꼈다. 그래서 조금도 이상하다는 생각 없이 듣고 있었다. 자신의 얘기를 듣고 있었던 것이다. 그녀는 폭풍우가 몰아치던 그날 밤이 떠올랐다. 거무튀튀한 나뭇가지가 흉악하게 창문을 통해 뻗어 들어와서는 곧장 그녀의 얼굴을 찔렀다. 이웃집 그 사람은 왜 이렇게도 그녀와 똑같은 걸까? 어쩌면 모든 사람이 다 이렇게 닮았을지도 모른다. 예컨대 그녀는 항상 라오쾅과 그의 엄마를 분간하지 못했다. 그녀의 머릿속에서 그녀는 항상 그 두 사람을 한 사람으로 여겼고 그것이 아주 편리한 일이라고 생각했다. 하지만 그녀가 말할 때 이런 생각이 드러나면 라오쾅은 항상 안절부절못하고 그녀의 정신을 걱정하면서 치료를 받아 보라고 권했다. 그저께 그는 또 엄마와 몰래 상의를 했다. 아내를 속여서라도 의사를 한번 만나 보게 해야겠다면서 그러지 않으면 무슨 큰 재난이 닥칠지 아무도 단정할 수 없다고 말했다. 두 사람이 이야기를 나누는 엄숙하고 진지한 상황에 그녀는 참지 못하고 크큭 하고 웃음을 터뜨렸다. 웃음소리를 들은 두 사람은 그녀가 엿듣고 있었다는 것을 알아채고는 부끄럽기도 하고 분하기도 해서 동시에 달려들어 거칠게 그녀의 어깨를 흔들며 뭐가 그렇게 우스운 건지 따져 물었다. 「계속 이런 식으로 나오면 뒷일은 전부 당신이 책임져야 해」 시어머니가 남의 불행을 즐기는 듯한 표정으로 말을 받았다. 「우리는 이미 책임을 다했다.」 요즘 라오쾅은 매일 몰래 집 뒤쪽 하수도에 가서 소변을 보았다. 그녀가 전혀 모를 거라고 생각한 그는 뒷문을 꼭 닫고 있다가 소변을 다 보고 나서는 아무 일도 없는 척했다. 그래서 그녀도 모르는 척하고 그가 시키는 대로 매일 살충제를 뿌렸다.

두 사람이 막 결혼을 했을 때 그는 여전히 중고등학교 교사였고 상고머리에 반바지 차림이었다. 당시 그는 종종 학생들에게서 압수했다면서 학교에서 펜이나 일기장 등 여러 가지 자잘한 물건을 가지고 돌아왔다. 한번은 여학생 손수건 두 장을 가져와서는 깨끗이 빨면 쓸 수 있을 거라고 말했다. 처음에는 두 사람 모두 아이가 생길 거라는 희망을 품었지만 시간이 흐르면서 그녀는 오히려 아이가 생기지 않는 것이 다행이라고 여겼다. 그들 일가(그녀와 라오쾅, 시어머니)는 무슨 일을 마주할 때마다 남의 불행을 고소해하는 태도를 보여 왔다. 이웃집 그 수상쩍은 남자에게는 아이가 있을 수도 있었다. 이 점을 떠올릴 때마다 그녀는 너무나 의아한 일이라는 생각이 들었다. 아이는 어른처럼 그렇게 종잡을 수 없는 사람이 되어서는 절대 안 되는 것이 아닐까? 오늘 아침 일찍, 그녀는 집에서 상반신을 다 드러내고 돌아다니면서 계속 배를 두드려 소리를 냈다. 「뭐 하는 거야?」 라오쾅이 노발대발하며 물었다. 그녀는 그런 그를 보고 빈정거리듯이 웃었다. 「가끔은 이게 여자의 배라는 생각이 들지 않아요. 그냥 가죽 안에 더러운 창자와 뭔가 귀신들이나 알 만한 것들이 들어 있을 뿐이라는 생각이 들어요.」「당신 〈안정제〉를 한 알 먹는 게 좋겠어.」라오쾅은 그녀 옆으로 빠르게 지나가면서 하마터면 그녀를 넘어뜨릴 뻔했다.

그녀는 물뿌리개를 들고 뒤로 가서 흰독말풀에 물을 주려고 하다가 금붕어 어항을 보고는 몸이 얼어붙고 말았다. 물 위에 금붕어 두 마리가 배를 하늘로 두고 떠 있었기 때문이다. 물은 아주 탁했고 향기로운 비누 냄새가 났다. 그녀가 손가락으로 한번 툭 건드려 봤지만 금붕어는 여전히 꼼짝도 하지 않았다. 이때 그녀는 문득 이웃집 여자가 까치발을 하고 거울 앞에 서서 자신을 관찰하고 있는 것을 발견했다. 그녀는 천천히 금붕어를 건져 올려 쓰레받기 위에 던졌다.

다음에 그 남자가 다시 와서 그 얘기를 하면 그녀는 자신이 협죽도를 좋아했었다는 사실을 꼭 말해 줄 생각이었다. 해가 가까워지고(손을 뻗으면 바로 잡을 수 있을 것처럼) 협죽도 꽃송이가 쓰고 떫은 향기를 내뿜고 있을 때, 그녀는 나무 아래서 토끼처럼 아주 빨리 뛰어올랐다! 그녀는 이런 상상을 하면서 그 여자의 뚱뚱한 등을 힐끗 쳐다보았다. 마음속에 악랄한 쾌감이 번져 왔다.

「당신 뒤에서 뭐 하는 거예요?」경산우가 과자를 재빨

리 가방에 숨겨 넣고는 딱 하고 버튼을 잠그며 큰 소리로 말했다. 「출근하려고.」

무란이 뒤에서 걸어 나와 어두운 얼굴로 맥없이 말했다. 「나 비눗물을 쏟았어요……. 지금 생각났는데…… 아무래도…… 지난달 집세를 아직 못 낸 것 같아요.」

「아주 감상적이고 걱정 많은 사람이 되어 버렸네.」 그는 빈정거리듯이 말하면서 밖으로 나갔다. 쭉 가다가 큰길을 지나 모퉁이를 돌고 나서야 뒤를 한 번 돌아보고는 가방 안에 손을 넣어 과자를 꺼내 요란하게 씹어 댔다.

그의 딸은 백화점에서 나와 머리칼이 별로 없는 머리를 높이 쳐들고 의기양양하게 걸어가고 있었다. 그는 황급히 공중화장실 뒤쪽으로 숨어 딸이 큰길 쪽으로 가는 것을 확인하고 나서야 다시 밖으로 나왔다. 「이미 모퉁이를 돌았군.」 누군가 뒤에서 귓속말하듯이 그에게 말했다. 고개를 돌려 보니 그의 장인어른이었다. 노인은 듬성듬성한 염소수염을 기르고 있었다. 수염 위에는 술이 말라붙은 자국이 지저분하게 남아 있었다.

「누굴 말씀하시는 거예요?」 그가 무뚝뚝한 표정으로 시치미를 떼면서 물었다.

「펑쥔鳳君이지 또 누구겠어!」 장인이 익살스러운 표정으로 빨간 한쪽 눈을 깜빡거리고 길고 앙상한 팔을 그의 어깨 위에 올려놓으면서 신이 나서 말했다. 「자, 자네가 돈을 내게. 우리 어디 가서 한잔하자고!」

「쳇!」 짜증이 난 경산우는 장인의 팔을 피했다. 팔이 삐걱거리는 소리가 들렸다. 안에 있는 딱딱한 뼈에서 나는 마찰음이었다.

「하하! 숨바꼭질하면서 가방을 먹고 있군그래! 하하하…….」 신바람이 난 장인은 덩실덩실 춤을 추면서 크게 소리를 질렀다.

창피한 생각에 얼굴이 뜨거워진 그는 자신도 모르게 가방을 만져 보았다. 안에는 아직 과자가 세 개 남아 있었다.

장인은 정말 맘에 안 드는 감시자였다. 그의 딸에게 장가를 든 그날부터 그는 매일 그의 모든 것을 은밀히 훔쳐보았다. 항상 유령처럼 생각지도 못한 곳에서 튀어나와 그의 영혼을 뚫고 들어왔다. 한번은 화를 참지 못한 그가 장인에게 달려들어 팔을 뒤로 꺾어 결박한 적도 있었다. 그때도 장인의 팔은 오늘처럼 당장 부러지기라도 할 것처럼 삐걱삐걱 이상한 소리를 냈다. 그는 혹시나 부러질까 두려워 자신도 모르게 얼른 손을 놓아 버렸다. 그러자 장인은 곧바로 메뚜기처럼 펄쩍 뛰어 달아났다. 달아나면서도 그를 위협하는 것을 잊지 않았다. 「나중에 치명적인 보복을 단행할 거니까 그런 줄 알게.」 「그렇게 숨바꼭질하면서 가방에 든 과자나 먹으라고…….」 장인은 지금도 이렇게 소리치면서 두 팔을 크게 벌린 채 쓰레기통 위로 엎어져 킥킥거리며 쉬지 않고 웃어 댔다. 다 웃고 난 장인은 곧장 사원 쪽으로 황급히 도망쳤다. 사원은 이미 황량하게 파괴되어 있었다. 사원에는 일찍이 아무도 살지 않았고 장인은 종종 사원 다락방으로 기어 올라가 작은 창문을 통해 오고 가는 행인들에게 돌을 던지곤 했다. 누군가 돌에 맞으면 쿵쾅쿵쾅 아래로 뛰어 내려가 숨을 곳을 찾은 다음, 하하 큰 소리로 웃어 댔다.

10년 전에 그는 카키색 천으로 지은 중산복中山服[2]을 입고 장인 집으로 가서 청혼을 했다. 무란은 무거운 걸음으로 마루 위를 서성이고 있었다. 환하게 빛나는 청춘의 모습이었다. 장모는 소화 불량으로 속이 불편해 구린 방귀를 몇 번 뀌고는 뜰에 있는 이끼 가득한 벽돌담에 대고 말했다.「내가 정말 재수가 없지, 딸을 자네 같은 부랑자한테 빼앗기다니 말이야.」3년 뒤에 장모는 병원의 영안실에 누워 있었다. 그가 장모를 보러 갔을 때 장모는 여전히 그를 잡아먹으려는 듯이 눈이 불룩 부풀어 올라 있었다. 무척이나 우스꽝스러운 모습이었다.

두 사람은 결혼을 하고서 어느 날 함께 거리를 걷고 있었다. 무란은 매실을 잔뜩 사서 길을 걸으면서 계속 입안에 쑤셔 넣었다. 길은 아무리 걸어도 끝나지 않을 것 같았

---

[2] 1911년 신해혁명의 주역인 쑨원孫文이 처음 만들어 입기 시작한 중국식 정장 상의로 인민복이라 칭하기도 한다.

다. 갑자기 그녀가 그에게 몸을 기대고 눈을 감고는 매실 씨를 뱉어 내며 말했다. 「아, 나 지금 너무 슬퍼요!」 그녀는 왜 슬펐던 것일까? 경산우는 지금까지도 그 이유를 알 수 없었다.

장인은 딸의 집에 올 때마다 집 구석구석을 둘러보고 나서 유리한 순간을 골라 후문에 숨어 경박하고 끈덕지게 펑쿼을 불러냈다. 할아버지와 손녀 두 사람은 처마 아래 서서 이야기를 시작했다. 햇빛이 장인의 빨간 코끝을 비스듬히 비추자 얼굴에 뭔가 한스러운 표정이 가득한 것이 적나라하게 드러났다. 눈동자는 계속 집 안 곳곳을 탐색하면서 마음속으로 남몰래 물건을 훔칠 방법을 찾고 있었다. 결국 떠날 때가 되자 재빨리 집 안으로 숨어들어 작은 물건을 하나 집어 들고 도망쳤다. 곧이어 장인의 발걸음 소리를 들은 무란이 노발대발하면서 밖으로 달려 나와 딸에게 물었다. 「빌어먹을 영감, 이번에는 또 뭘 가져간 거니?」

과자 세 개를 다 먹고 나니 마침 사무실 입구까지 와 있었다. 어제 사무실에서 일을 하면서 그는 사전에 준비해 둔 말린 찐빵 부스러기를 베란다에 있는 참새들에게 몰래 먹이려고 했다. 갑자기 안궈웨이安国为가 그의 엉덩이를 한 대 툭 치더니 작고 처진 눈을 가늘게 뜨고는 물었다. 「진흙탕 문제는 결론이 어떻게 났어?」 그러고는 담배꽁

초를 밖으로 내던지면서 그의 책상 가장자리에 다리를 꼬고 앉았다. 그는 벌벌 떨면서 하루를 보냈지만 어떻게 해도 친구가 한 말에 담긴 속셈이 무엇인지 알 수 없었다. 집에 돌아가서도 그는 문 앞에 앉아 수염을 손질하는 척하면서 거울로 뒤쪽을 힐끗힐끗 쳐다보았다. 이웃집 사람들의 움직임을 몰래 관찰하는 것이었다. 결국 수상한 점이 없다는 것을 확인하고 나서야 마음이 조금씩 진정되었다. 어쩌면 그의 이 빌어먹을 심장 박동이 비밀을 드러낸 것인지도 몰랐다. 닥나무꽃이 사람의 마음을 혼란스럽게 하는 요즘에는 그의 심장이 너무나 무섭게 뛰었다. 손바닥을 가슴 위에 대면 안에서 쿵! 쿵! 요란하게 울리는 소리가 들렸다. 물고기가 물 위로 뛰어오르는 것 같았다. 그는 다른 사람들도 분명히 이 소리를 들었을 것이라고 생각했다. 그래서 사무실 사람들 모두 그렇게 의미심장한 눈빛으로 자신을 주시하면서 진지한 척 말을 하는 것이라고 생각했다. 「아…… 요즘 자네 표정이…….」 심장 박동 소리가 다른 사람들에게 들리는 걸 막기 위해 그는 출근하자마자 재빨리 구석 자리로 들어가 몇 시간 동안이나 계속 얼굴을 창밖으로 향한 채 가방에서 미리 준비한 찐빵 부스러기를 꺼내 참새들에게 먹였다. 오늘 그는 창문 밖으로 머리를 내밀었다가 뜻밖에도 다른 두 개의 창문에서도 사람 머리가 나와 있는 것을 발견했다. 고개를 돌려 보니 그와 같은 사무실에서 일하는 동료들이었다. 그들은 뒷짐을 지고서 얼굴을 창밖으로 향하고 있었다. 뭔가를 깊이 생각하고 있는 듯한 모습이었다. 그는 또다시 나쁜 마음을 품고 슬그머니 복도로 빠져나왔다. 다른 사무실의 문틈 사이로 살펴보니 똑같이 창문마다 엄숙한 표정을 한 사람들이 한 명씩 서 있었다. 천천히 왔다 갔다 하면서 초조하고 불안해하는 모습을 보이는 사람도 있었다. 잠시 후 동료들이 웅성거리며 소란을 피웠다. 알고 보니 커다란 꽃나비 한 마리가 나풀나풀 사무실 안으로 날아 들어온 것이었다. 까만 날개에 자주색 빛을 반짝거리면서 위풍당당하게 사람들 머리 위를 빙빙 돌면서 날아다니고 있었다. 사람들이 전부 탄알처럼 위로 튀어올랐다. 문을 닫을 사람은 문을 닫고 창문을 닫을 사람은 창문을 닫고 나서 두 사람이 닭 털로 만든 먼지떨이를 죽을힘을 다해 나비를 향해 휘둘렀다. 다른 사람들은 앙칼진 목소리로 소리를 지르고 뛰어다니면서 그들의 기세를 북돋아 주고 있었다. 모두들 얼굴이 술에 취하거나 미친 것처럼 붉어져 있었다. 경산우는 사람들에게 말할 수 없는 마음속 비밀을 감추기 위해 다른 사람들과 마찬가지로 날카롭게 소리를 지르고 온 힘을 다해 발악하는 모습을 보였다. 마침내 꽃나비가 바닥에 떨어지자 창문 앞에 서 있던 두 사람은 이내 진지한 표정으로 돌아가 뒷짐을 진 채로 창밖으로 얼굴을 내밀고는 깊이를 헤아릴 수 없는 사색에 빠져들었다. 그는 문득 이렇게 진지한 척하는 두 사람이 어쩌면 매일 이렇게 창문 앞에 서 있었을지도 모른다는 생각이 들었다. 같은 사무실에서 일하는 동료인데도 자신이 평소에 의식하지 못하고 있었다는 것을 이제야 깨닫게 된 것이다. 세 사람은 그렇게 말뚝처럼 계속 서 있다가 퇴근 시간을 알리는 종이 울리고 나서야 각자 가방을 챙겨 들고 집으로 돌아갔다. 그는 그 두 사람이 길을 걷는 자세도 관찰해 보았다. 그 결과 고개를 숙이고 손등을 뒤로 하여 걸음을 내딛는 모습이 무척 느리면서도 안정적이고 단정하다는 것을 알게 되었다. 저무는 해가 그들의 굽은 등과 헐렁헐렁한 바지통을 비추고 있었다. 그는 털이 많은 사람의 다리를 몰래 훔쳐보았다.

「오늘은 야들야들하게 푹 곤 뼈를 준비했으니 골수까지 깨끗이 빨아 먹어도 돼요.」 무란이 입가에 묻은 기름을 핥으면서 즐거운 어투로 말했다.

「나는 갈비가 무서워. 내 혀에 아주 큰 피멍울이 생기게 한단 말이야. 다른 방식을 좀 생각해 볼 수 없겠어?」 그가 작은 나무 막대기로 창문 위의 거미줄을 걷어 내면서 말했다.

「다른 방식은 전혀 떠오르지 않네요. 이웃집에서 또 대청소를 하기에 내가 거울로 슬쩍 훔쳐봤어요. 쳇, 하루 종일 살충제를 뿌리고 난리가 아니더라고요. 그렇게 요란하게 대청소를 하는 것이나 금붕어 키우는 것이나 다 신경과민의 소치예요! 그 여자가 벌써 내가 거울로 자신을 훔쳐보고 있다는 걸 알아차린 것 같아요. 집 뒤쪽 하수구에서 나는 지린내 맡아 봤어요? 너무 끔찍하더군요. 닭 피를 먹는 비법이 있다고 하던데 혹시 들어 봤어요? 그 비법을 사용하면 아주 오래 살 수 있다고 하더라고요.」

「야들야들하게 푹 곤 갈비를 먹어도 오래 살 수 있어.」

「또 사람을 속이고 있군요!」 그녀는 약간 놀란 표정으로 얼굴을 찡그렸다. 「오늘 아침에 내가 당신한테 무슨 생각을 하고 있는지 말하려고 했는데 당신은 듣지도 않고 그냥 가버렸잖아요. 내가 여기 문 앞에 앉아 있는데 놀라울 정도로 강한 바람이 불었어요. 그때 내가 무슨 생각을 했냐 하면…… 맞다, 펑쿤의 문제에 관해 생각하고 있었어요. 내가 보기에 그 아이는 제법 싹수가 있는 것 같아요. 어제 내가 그 애한테 싸구려 체크무늬 옷을 하나 사 줬거든요. 그 애가 뭐라고 했는지 알아요? 그 애가 이러더라고요. 〈고맙습니다. 하지만 제가 아직 거지가 된 건 아니에요.〉 그 애가 한 말의 속뜻을 음미하면서 너무 기뻤어요. 이 계집애가 스스로 만족할 줄 아는 좋은 성격을 타고난 거예요.」

「그 애는 엄마를 닮아서 나중에 사람들을 놀라 자빠지

게 할 게 틀림없어.」그가 빈정거리듯이 말했다.

집에 돌아오자 또다시 거북이 꿈이 그의 머릿속에 맴돌았다. 그는 또 마음이 초조하고 심란해졌다. 그가 집 안을 천천히 왔다 갔다 할 때마다 발걸음 소리가 쿵! 쿵! 쿵! 요란하게 울렸다. 뙤약볕에 시들어 버린 해바라기가 끊임없이 눈앞에 떠올랐다. 이웃집 여자의 날카로운 목소리가 가느다란 바람을 타고 날아왔다. 건조하면서도 뜨거운 목소리였다. 게다가 약간 쉬어 있었다.

「……나쁘지 않네요. 진흙이 꼭 끓어오르는 죽 같아요. 위에는 기포도 맺혀 있어요. 저렇게 기포가 생길 정도면 발바닥이 화상을 입어 물집이 생기고 눈이 금방이라도 튀어나올 것처럼 커지지요……. 협죽도와 산국화의 향기는 어떻게 다르지요? 당신은 그 향기를 제대로 구별할 수 있어요? 잠을 잘 수가 없네요. 잠이 들면 내 얼굴 위로 그 나뭇가지들이 돋아날 거라고요. 미칠 듯이 아프지요. 나는 항상 이상하다고 생각했어요. 나뭇가지들이 어떻게 창문을 통해 뻗어 들어오는 걸까요? 내가 벌써 라오쾅한테 쇠꼬챙이를 박아 버리라고 말하지 않았겠어요? (그에게는 도둑을 막기 위한 것이라고 했지요.) 나는 따로 문을 두 개 더 만들어서 위에 쇠꼬챙이를 잔뜩 박아 놓을 작정이에요. 그러면 새장 같아 보이겠지요. 어쩌면 쇠로 된 새장 안에서는 내가 잠을 잘 수도 있지 있을까요? 아, 정말 피곤해 죽겠네!」

무란은 냄비에서 갈비를 한 조각 꺼내 이로 물어뜯었다. 시뻘겋게 벌린 그녀의 입을 보고 경산우는 놀라움과 의아함을 동시에 느꼈다.

「어디서 이런 소리가 나는 거지……?」 그가 머뭇거리며 물었다.

「쥐예요. 아침에 쥐덫을 치우지 말았어야 했어요. 어쨌든 지나가 버렸네요. 꽃이 피는 그 며칠은 정말 무서웠어요……. 나는 당신이 뭔가 하려는 줄 알았죠.」

「뭐라고?」

「꽃이 피는 것 말이에요. 왜 그렇게 무섭게 쳐다봐요! 그동안 당신이 매일 한밤중에 일어나 삐거덕거리면서 문을 열었잖아요. 당신이 일어날 때마다 찬 바람이 밀려왔단 말이에요.」

「알고 보니 이 여자도 감시자였네…….」 그는 호리멍덩한 정신으로 어렴풋한 생각에 잠겼다.

3

쉬루화는 문가에 몸을 기대고 조심스레 귀를 기울이고 있었다. 비행기 한 대가 하늘을 날면서 쉬잉 무서운 소리를 냈다. 금붕어가 죽어 버린 뒤로 라오쾅은 그녀가 심은 흰독말풀을 발로 차 엎어 버리고 뒷문에 못질을 해버렸다. 「야릇한 죽음의 분위기가 집 안을 뒤덮고 있어.」 그는 항상 불안에 떨면서 사람을 만나면 늘 사정을 설명하곤 했다. 「이건 다 우리가 독립적으로 생활할 능력이 부족해서 그런 거예요.」 이제 그는 너무 거칠어지고 쓸데없는 걱정이 많아져서 집 안에서도 항상 이리저리 살피면서 살인자를 걱정했다. 한번은 밤중에 갑자기 일어나 곧장 손전등을 켜고는 침대 밑에 엎드려 한참을 비춰 보기도 했다. 시어머니는 올 때마다 항상 다 낡은 밀짚모자를 쓰고 비를 막아 주는 고무장화를 신었다. 손에는 쇠몽둥이를 하나 들고 있었다. 오자마자 눈빛으로 방 두 개를 샅샅이 뒤져 보고 심지어 문 뒤쪽까지도 자세히 살펴보았다. 다 둘러본 뒤에도 불안한 모습으로 그 자리에 한참을 서 있었다. 뺨이 계속 후끈거리고 목에는 시뻘건 발진이 올라왔다. 하루는 그녀가 집에 돌아와 보니 문이 굳게 닫혀 있고 창문 커튼도 맨 아래까지 내려와 있었다. 문은 한참을 두드려도 열리지 않았다. 그녀는 커튼이 말려 올라간 작은 틈새로 집 안을 들여다볼 수 있었다. 집 안에서는 연기가 자욱한 가운데 시어머니와 라오쾅이 이를 악물고 쇠몽둥이를 휘두르면서 〈악귀를 쫓아내는〉 몸짓을 하고 있었다. 소곤소곤 얘기를 주고받는 소리가 들렸지만 누가 누구에게 하는 말인지는 확실히 분간할 수 없었다. 잠시 후 삐걱거리는 소리가 나더니 문이 열리고 라오쾅이 시어머니를 부축하여 계단을 내려왔다. 두 사람 모두 머리를 숙이고 있었다. 잠이 든 것 같은 모습으로 그렇게 꿈속을 거닐 듯 그녀 앞을 지나갔다. 〈악귀〉를 〈몰아내고〉 나서 라오쾅은 문 위에 방울을 하나 달았다. 만일 누군가 자신을 죽이거나 물건을 강탈하러 오면 곧바로 방울이 울릴 것이라고 했다. 하지만 아무리 기다려도 살인자는 오지 않았고 오히려 자신들만 방울 소리에 놀라 혼비백산하곤 했다. 매번 손님이 찾아올 때마다 라오쾅은 낮은 목소리로 그들에게 사정을 얘기했다. 정말 이렇게 무서운 분위기 속에서는 살아 나갈 방법이 없다면서 자신이 이미 심근 경색 초기 증상을 앓고 있기 때문에 어느 순간 깜짝 놀랐다가 그대로 목숨을 잃을지도 모른다고 했다. 시어머니는 〈악귀〉를 〈몰아내고〉 나서 다시는 이들 부부의 집을 찾지 않았다. 그저 2~3일에 한 번씩 대머리 조카딸을 보내 쪽지를 하나씩 전달할 뿐이었다. 조카딸은 둥그런 파란색 모자를 쓰고 있었다. 아주 오래된 모자였다. 헤어스타일도 괴상했고 이가 없는 입으로 끊임없이 뭔가를 씹고 있었다. 시어머니가 보낸 쪽지에는 이런 당부가 적혀 있었다. 〈주변의 밀정들을 경계해라! 자기 전에 다음 두 가지를 잊지 말아라. 첫째, 반드시 찬물로 세안을 해라. (목은 절대로 씻지 말 것.) 둘째, 베개 밑에 자갈을 세 개 넣어 두어라. 길을 걸을 때는 위를 올려다보는 자세를 취해야 하니 절대 이리저리 두리번거리지 말고 특히 왼쪽은 봐선 안 된다. 매일 자기 전에 소염 진통제를 한 알씩 먹어라. (설파민으로 대체해도 됨.) 먼 곳을 바라보는 동작으로 하체의 피로를 풀어 줄 수 있다.〉 라오쾅은 엄마의 쪽지를 받으면 항상 마음이 흥분되고 불안정해져서 몸이 가려운 것을 참지 못하고 닥치는 대로 아무거나 다 손으로 잡아 움켜쥐었다. 그런 다음에는 의자에 앉아 한참 동안 이리저리 몸을 비틀고 나서야 겨우 쪽지 한 장에 뭐라고 써서 대머리 조카딸에게 건네며 가지고 가라고 했다. 쪽지에 뭔가 쓸 때는 항상 그녀가 몰래 훔쳐볼까 봐 다른 손으로 철저히 가리고 썼다. 그녀가 딱 한 번 흘끗 쳐다보았을 때(추측이라고 하는 편이 나을 것이다), 쪽지 위에는 이렇게 쓰여 있었다. 〈즉시 받들어 실행하겠습니다. 이전에 지시하신 사항들도 큰 효과를 봤습니다.〉 갑자기 그 대머리 조카딸이 오지 않게 되자 라오쾅은 정신이 흐리멍덩한 상태로 며칠 동안을 견디고 있었다. 밤이 되면 침대 위에서 엎치락뒤치락하며 입으로는 이상한 주문을 외웠다. 몸이 너무 수척해졌다. 식사를 할 때면 자주 놀라서 그릇을 내려놓고 귀를 벽에 가까이 가져다 대고선 미간을 찌푸린 채로 무슨 소리가 나는지 주의 깊게 듣곤 했다. 결국 시어머니가 찾아와 그를 데리고 갔다. 그날 시어머니는 집 한쪽 구석의 그늘 아래 서서는, 커다란 밀짚모자를 쓰고 아주 큰 검정색 스카프로 얼굴 전체를 빈틈없이 싸매고 있었다. 두 눈만 드러낸 상태로 입으로는 〈불운하다, 불운해〉라는 불평을 끊임없이 반복하면서 뭉그적거리는 아들을 큰 소리로 꾸짖었다. 문을 나서면서 시어머니는 라오쾅의 털 많은 팔뚝을 굳세게 붙잡고 있었다. 그를 잃어버리게 될까 두려운 것 같았다. 두 사람은 도망치듯 그렇게 떠났다. 두 사람의 등 뒤로 그녀는 시어머니가 던지는 한마디를 들었다. 「중요한 건 걷는 자세야. 전에 이미 경고한 적 있잖아? 내가 보기에 너는 너무 경계를 늦추고 방비를 안 하는 것 같구나. 너는 어려서부터 이렇게 엉뚱하고 부주의했어.」 나중에 한번 라오쾅이 시어머니 집에서 돌아온 적이 있었다. 그때 그녀는 닥나무 아래서 풍뎅이들을 관찰하고 있었다. 그는 〈여보!〉 하면서 그녀의 비쩍 마른 등을 세게 한 번 치고는 발을 높이 들어 올려 집 안으로 뛰어 들어갔다. 집 안에서 와당탕거리며 구석구석을 뒤지고 한참을 엎치락뒤치락하더니 커다란 보따리 두 개를 들고 나왔다. 「요즘 내 신경이 몹시 흥분되어 있어.」 그러고는 기름때에 젖은 손수건으로 수염 위의 땀방울을 닦았다. 「엄마 말이 맞아. 중요한 문제는 사소한 일들을 살피는 데 있어. 무엇보다 먼저 사람 됨됨이를 바르게 해야 하지……. 당신은 이 문제에 대해 어떻게 생각해?」 그는 아주 가볍게 보따리를 들고 떠났다.

밤이었다. 그녀는 쇠꼬챙이가 가득 박힌 문을 꼭 닫은 다음 상자로 막았다. 어둠 속에서 셀 수 없이 많은 작은 물건들이 시멘트 바닥 위를 넘나들고 천장 위를 기어다녔다. 그녀가 덮고 있는 담요 위를 돌아다니기도 했다. 부풀어 오른 침대 다리 밑에서 죽을힘을 다해 이를 악물었지만 그녀의 몸을 덮고 있는 담요는 너무 가벼운 탓에 바람에 부풀어 올랐다가 내려앉기를 반복했다. 벽돌로 눌러 놓아도 아무 소용이 없었다. 어디에서 날아왔는지 모를 하늘소가 사각사각 연달아 머리맡으로 떨어져 그녀의 얼굴 위를 기어다녔다. 그녀는 너무 무서워 계속 불을 켜고 하늘소들을 전부 떨어냈다.

종종 그녀가 담요를 머리에 뒤집어쓰고 있으면 뜻밖에도 이웃집 남자가 침대 위에서 몸을 뒤척이면서 내는 삐거덕 소리와 고통스럽게 이 가는 소리가 들려왔다. 그 사이사이에 늑대가 울부짖는 소리와 몹시 격분한 저주의 소리도 함께 들려왔다. 그는 진흙 구덩이 일을 언급하기도 했다. 그 일은 정말로 그랬다. 그가 얘기하는 것들은 전부 그가 꿈에서 보았던 것들이었다. 같은 지붕 아래서 자는 사람들은 하나같이 똑같은 꿈을 꾸는 게 아닐까? 하지만 그녀 자신은 갈수록 메말라 가기만 했다. 그녀는 항상 꿈에서 뜨거운 해와 모래사장, 바위 같은 것들을 보았다. 이 것들이 끊임없이 그녀 몸 안의 수분을 증발시켜 버렸다.

〈허탈감이 만들어 낸 환상.〉 예전에 라오쾅은 항상 이렇게 말했다. 매일 아침 그녀는 땀을 뚝뚝 흘리며 잠에서 깨 거울 앞으로 다가가서 얼굴의 홍조를 자세히 살펴보았다. 「말해 봐! 그 일은 결국 환상 아니었어?」 이 소리가 항상 허공에 머물러 있었다. 마침내 그가 또 왔다. 그의 긴 목이 창문으로 뻗어 들어왔다. 눈이 이상하게 번쩍거렸다. 알고 보니 목은 빨간 데다 위에 금빛 솜털이 덮여 있었다. 그는 라오쾅이 남긴 누에콩 반 봉지를 먹고 있었다. 누에콩은 이미 습기 때문에 말랑말랑해진 데다 퀴퀴한 냄새가 나서 씹어도 아무 소리가 나지 않았.

「오이초절임 먹을래요? 절여 놓은 게 아주 많거든요. 비행기가 머리 위에서 오전 내내 굉음을 내고 있어 내 머리가 쾅 하고 산산조각 날까 두려워요.」 그녀는 자신의 목소리가 너무 급박했다는 것을 알아차리고는 금세 소녀처럼 얼굴을 붉혔다. 겨드랑이 아래 솜털이 당겨지면서 겨드랑이가 아팠다. 그는 잠시 입을 다물기도 했다. 그럴 때면 그녀의 목소리도 인쇄체 글씨처럼 허공에 응결되어 버렸다.

그는 집 안을 이리저리 왔다 갔다 하면서 구석구석 냄새를 맡아 보았다. 동작이 매우 가볍고 부드러웠다. 납작한 몸이 바람에 나부끼는 찢긴 천 조각 같았다. 마지막으로 그는 책상 앞에 멈춰 그 위에 주저앉았다. 길고 야윈 두 다리가 바닥 위로 축 늘어졌다. 책상 위에는 흰 먼지가 두껍게 앉아 있었다. 그가 올라가 앉자 사방으로 높이 날아오른 먼지가 콧구멍 속으로 파고들어 갔다. 「이 방에는 살충제를 안 뿌린 지 정말 오래됐네.」 그가 확신에 차서 말했다. 「밤에 모기들이 미친 듯이 날아다니는 소리를 들었어. 나는 아직도 당신이 벽에 붙은 모기들을 때려 죽이는 소리가 들리는 것 같아. 그 위에 핏자국이 얼마나 많던지.」

「모기들은 별것 아니에요. 오히려 몸에 덮는 담요가 미친 것처럼 항상 창문 밖으로 날아가 버리잖아요. 나는 매일 밤마다 이 담요랑 싸우느라 진흙탕에 빠진 것처럼 온몸이 땀투성이라고요.」 그녀는 자기도 모르게 하소연을 쏟아 냈다. 갑자기 그가 밤마다 뿌드득뿌드득 이를 간다는 사실이 기억났다. 그녀는 이 사람과 뭔가 친밀한 비밀 이야기를 나눌 필요가 있다는 생각이 들었다. 「방구석에 사람 머리만 한 괴상한 버섯이 자라고 있어요. 천장에서는 항상 알 수 없는 순간에 발이 하나 뻗어 나오지요. 그 위로 거미가 기어다니고 있어요. 당신도 이 지붕 밑에서 잠을 자니까 이런 일들에 익숙해져 있겠지요?」

「맞아, 나도 그와 유사한 일들을 적지 않게 목격했어.」 그는 갑자기 하품을 하더니 몹시 졸리고 몽롱한 듯한 모습을 보였다.

곧바로 당황한 그녀는 맨살이 다 드러난 팔을 그의 코 밑으로 거칠게 내밀고는 볼록 튀어나온 혈관을 가리키면서 얘기를 이어 갔다. 「내가 얼마나 말랐는지 좀 보라고요. 그때 당신은 협죽도를 알아차리기나 했어요? 협죽도는 따가운 햇볕을 쬐고 나면 바로 쓰고 떫어지잖아요. 나는 단거리 달리기 선수도 했었는데요, 당신이 날 처음 봤을 때, 나는 당신과 똑같아졌어요. 우리 둘은 정말 쌍둥이 자매처럼 하는 얘기도 거의 똑같았지요. 내가 꿈을 꾸다가 깨서 몸을 뒤척이다 보면 당신도 침대에서 뒤척이는 소리가 들렸어요. 아마 당신도 바로 그 순간 꿈에서 깼을 거예요. 그 꿈이 공교롭게도 내 꿈과 똑같았을지도 모르지요. 오늘 아침에 당신이 와서 그 일을 얘기할 때 나는 곧바로 당신의 뜻을 알아차렸어요. 나도 마침 그 일을 생각하고 있었거든요. 저기요, 정신 좀 차려요.」 그녀가 그를 슬쩍 밀었다. 그녀의 손이 그의 등 위에서 멈췄다. 「어제 공원에서 봤는데 닥나무 꼭대기에 사람 머리칼이 나 있었어요······.」

그녀는 반복해서 그의 등을 어루만졌다.

그는 두 다리를 오므리고 고양이처럼 등을 구부린 채 미동도 하지 않았다.

「요즘 나 정말 피곤해.」 그의 목소리가 두 무릎 사이에서 웅웅 울렸다. 그는 말을 하면서 하품을 했다. 「도처에 훔쳐보는 사람들이 있어서 도망치지도 못한다고.」

「정말 불쌍하네요.」 그녀가 말했다. 동시에 자신의 움츠린 배가 생각났다. 「닥나무에 이미 열매가 열렸어요. 열매가 익으면 당신은 아주 깊이 잠을 잘 수 있게 될 거예요. 이건 당신이 나한테 말해 준 거잖아요. 예전에 어머니가 항상 나한테 말씀하셨지요. 비가 올 때는 밖에 나가지 말아라. 신발을 적시지 말아라. 어머니는 어린애한테 몽둥이가 부러지도록 매질을 하는 대단한 여자였지요. 어머니 몸에 항상 종기가 났던 것은 기질이 너무 세서 그런 거예요. 그래도 그때 나는 깊이 잘 잤고 꿈 한번 꾼 적이 없었어요.」

「내가 화장실에 가서 용변을 볼 때면 갈라진 문틈으로 한쪽 눈을 들이미는 사람이 있었어. 할 수 없이 사무실에 하루 종일 서 있으면서 얼굴을 창밖으로 향하고 있는데 하루가 다 지나고 나면 다리를 누가 부러뜨리기라도 한 것처럼 아파.」

「정말 불쌍하네요.」 그녀는 같은 말을 반복하면서 그의 머리를 자신의 비쩍 마른 배에 가져다 댔다. 그의 머리칼이 솔처럼 올올이 서 있어서 아주 꺼끌꺼끌했다.

잠시 후 그는 책상에서 내려왔고 그녀는 그를 캄캄한 모기장 안으로 인도했다.

그녀의 엉덩이뼈가 침대 머리맡에 세차게 부딪히면서

지독한 통증에 허리가 구부러졌다.

침대 위의 먼지가 날려 방 안 가득 퍼졌다. 그녀는 낙담했지만 그가 보지 못했기를 바랄 뿐이었다.

그녀가 침대에 누워 날아갈지도 모르는 그 담요를 덮고 있는 사이에 그는 이미 집으로 돌아가고 없었다.

그가 앉았던 책상 위에는 반원 모양의 엉덩이 자국이 남았다.

그가 오기 전에 그녀는 그가 지질 팀의 일에 관해 얘기해 주기를 간절히 기대했었지만 그는 그걸 잊었고 그녀도 잊어버렸다.

살충제를 뿌리지 않은 채 오랜 시간이 지나자 집 안에 벌레가 번식하기 시작했다. 최근에는 새로 등장한 귀뚜라미가 심하게 울어 댔다. 끊어졌다 이어지기를 반복하는 울음소리가 너무나 애달프고 힘겨워 그녀는 항상 가슴을 졸여야 했다. 라오쾅은 이 집이 〈벌레집〉이라고 말했었다. 어쩌면 그는 벌레가 무서워 옮겨 간 것인지도 몰랐다. 3년 전 시어머니가 아들 집에서 첫 번째 귀뚜라미를 발견했다. 그날부터 라오쾅은 어머니의 지시에 따라 살충제를 대량으로 사다가 그녀에게 매일 시간 맞춰 두 번씩 뿌리라고 지시했다. 살충제를 뿌렸지만 귀뚜라미는 여전히 사라지지 않았다. 모든 귀뚜라미가 병적인 상태였고 울음소리도 애처롭기만 했다. 시어머니는 아들 집에 와서 귀뚜라미 소리가 들리기만 하면 곧바로 낯빛이 변해 빗자루를 들고 엉덩이를 치켜든 자세로 침대 밑으로 기어 들어가 한바탕 소란을 피우고는, 그 작은 놈들을 전부 쫓아내고 나서야 얼굴 가득 먼지를 뒤집어쓴 채 기어 나와 소리를 질러 댔다. 「어떻게 이럴 수가 있어!」 가끔씩 라오쾅도 엄마를 도와 침대 밑으로 기어 들어가곤 했다. 모자 둘이 침대 밑으로 들어가면 커다란 엉덩이 두 개만 밖에 남았다. 귀뚜라미 몰아내는 일이 다 끝나고 나면 라오쾅은 항상 똑같은 탄식을 내뱉었다. 「살충제가 없었다면 이 집이 대체 어떤 꼴이 되었을지 알 수가 없네!」 그녀는 오늘 아침 침대에서 일어나 귀뚜라미들의 앓는 듯한 울음소리를 들으며 바싹 마른 가슴과 배를 두드리다가 오랫동안 살충제를 뿌리지 않은 것이 생각났다. 자기도 모르게 기분 좋은 냉소가 터져 나왔다. 다음에 라오쾅이 물건을 가지러 오면 반드시 그를 불러 뒷문에도 쇠꼬챙이를 박아 달라고 할 작정이었다. 아울러 누에콩도 두 봉지 갖다 달라고 하려고 했다(지금 그녀는 밤중에도 누에콩을 음미하곤 한다). 그녀는 따로 쪽지 한 장을 써서 사람을 시켜 보내야겠다고 생각했다. 그녀는 서랍을 열고 펜을 찾았다. 아주 오래 찾아보았지만 끝내 찾지 못했다. 이 생각은 포기하는 수밖에 없었다.

  결혼한 이후 그녀의 엄마가 그녀를 만나러 온 적이 한

번 있었다. 마침 폐렴을 앓다가 간신히 몸부림쳐 위험한 고비를 넘긴 터였다. 엄마는 검정 상의와 검정 바지 차림에 검정 스카프를 두르고 있었다. 아마도 장례식에 가는 것 같았다. 깜짝 놀라 간신히 정신을 차린 그녀를 바라보면서 엄마는 어색하게 입가를 끌어당기고 손가락 두 개로 그녀의 창백한 손가락 끝을 누르며 말했다. 「너무 좋네, 너무 좋아.」 그러고 나서는 화가 난 것처럼 씩씩거리며 엉덩이를 돌려 집으로 돌아갔다. 그런 엄마의 표정을 보니 괜히 왔다고 후회하는 것 같았다. 라오쾅이 이사해 나간 이후 어느 날 그녀는 또 집 근처에서 검정 상의와 하의를 차려입은 엄마의 뒷모습을 보았다. 몸이 땀에 젖어서인지 옷이 살찐 등에 찰싹 달라붙어 있었다. 제법 먼 거리였지만 쉬루화는 엄마의 몸에서 풍겨 나오는 목욕탕 냄새를 맡을 수 있었다. 익숙하면서도 구역질 나는 냄새였다. 엄마와 마주치지 않기 위해 그녀는 최대한 문밖에 나가지 않았고, 매일 퇴근해 돌아올 때는 거의 뛰다시피 하여 집으로 들어왔다. 일단 집 안에 들어오면 곧바로 짙은 갈색 커튼을 쳤다. 어느 날 그녀는 커튼 한 귀퉁이를 걷어 올리다가 뜻밖에도 나무 뒤에 검은 그림자 하나가 있는 것을 발견했다. 짐작한 대로 얼마 지나지 않아 엄마가 그녀의 문에 쪽지 한 장을 붙였다. 쪽지에는 큰 글씨로 이렇게 쓰여 있었다. 〈편한 것을 좋아하고 열심히 일하는 걸 싫어하면서 허황된 망상에 빠지면 필연적으로 의지의 쇠퇴를 가져오고 사회의 쓰레기가 된다!〉 그 뒤로도 엄마는 연달아 쪽지를 썼다. 때로는 쪽지를 그녀의 집 대문 밖에 돌로 눌러두었고 때로는 닥나무 나뭇가지에 붙여 놓기도 했다. 한번은 엄마가 나무 뒤에 계속 숨어 있다가 그녀가 문을 열자 재빨리 돌을 묶은 쪽지를 집 안으로 던져 넣었다. 아무리 막으려 해도 막을 수가 없었다. 쉬루화는 쪽지가 보이면 거들떠보지도 않고 발로 멀리 차버렸다. 곧이어 그녀는 엄마가 나무 뒤에서 이를 갈며 저주하는 소리를 들어야 했다. 닥나무에 풍뎅이가 날아온 그날 밤 그녀는 침대 위에서 담요와 씨름을 하고 있었다. 온몸에 식은땀이 흐르고 먼지 때문에 숨이 막힐 것만 같았다. 갑자기 창밖에서 발걸음 소리가 들려왔다. 쿵! 쿵! 쿵……! 너무나 음침하고 무서운 소리였다. 부들부들 떨면서 몸을 일으킨 그녀는 손가락으로 커튼을 벌려 아주 작은 틈을 냈다. 머리에서 발끝까지 온통 검은빛에 가려진 그림자가 하나 보였다. 그림자는 가볍게 흔들리고 있었다. 비웃는 것 같았다. 문과 창문에 쇠꼬챙이가 가득 박혀 있긴 했지만 그녀는 여전히 두려워서 불도 켜지 못했다. 잠시 후에 손전등으로 침대 밑과 문 뒤쪽, 천장을 두루 비춰 보았다. 무언가 숨어 있을까 봐 너무 겁이 났다. 그녀는 쿵! 쿵! 쿵! 소리가 나도록 창밖을 왔다 갔다 하다가 또 갑자기 짓궂게

기침을 해댔다. 날이 밝을 때까지 이렇게 소란을 피웠는데, 커튼을 걷고 나서야 창밖에 아무도 없다는 것을 알게 되었다. 〈혹시 그저 환상에 불과했던 것일까?〉 쉬루화는 벌벌 떨면서 생각에 잠겼다. 또 끝없는 미행이 이어졌다. 그것을 잠시 따돌리고 기진맥진한 몸으로 집에 돌아온 그녀는 가볍게 갈비뼈 사이의 살을 문지르다가 몸 안에 이미 갈대가 빽빽이 자라나 있는 것을 느꼈다. 숨을 쉴 때마다 휘익 소리가 나 사람들이 놀랄 정도였다. 어제 오전에 엄마는 그녀의 집 문에 〈최후통첩〉이 담긴 쪽지를 붙여 놓았다. 쪽지에는 이렇게 쓰여 있었다. 〈한사코 네 뜻대로 하겠다면 밤에 반드시 코브라가 와서 복수할 거야!!!〉 엄마는 빨간 펜으로 독살스러운 느낌표도 세 개나 찍어 놓았다. 그 쪽지를 떼어 버리면서 그녀는 이웃집 여자가 목을 이쪽으로 길게 빼고 바라보고 있는 것을 발견했다. 그녀가 몸을 돌리자 옆집 여자는 황급히 목을 거둬들이고는 아주 똑똑하게도 멍청한 표정을 지어 보였다. 그러고는 또 허공을 바라보면서 진지하게 혼잣말을 하는 척했다. 「이 나뭇잎이 소리를 낼 때마다 혼란스럽고 불안한 기분이 드네.」 이어서 그녀는 벽 쪽에서 소곤소곤 얘기를 주고받는 소리를 들었다.

「나 지금 너어어무나 슬픈 것 같아……」 옆집 여자는 목소리를 길게 끌었다.

「이 일 때문에 나는 뜨거운 솥 위의 개미가 된 것 같아.」 또 다른 낯선 목소리가 말했다. 「인생은 알 수 없는 거야……. 거울을 바깥으로 옮겨 둬. 나무 위에 걸어 두면 편할 거야. 그리고 계속 잘 살펴봐야 해. 개도 급하면 담장을 뛰어넘는다고 하니까 최대한 조심해야 한다고.」

목소리가 너무 괴상해 털이 곤두섰다.

「내가 여기서 천천히 왔다 갔다 하고 있는데 어떤 사람이 우리 집 천장을 이리저리 돌아다니고 있었어. 주위는 꼭 옻칠을 한 것처럼 어둡기만 했지……. 벌써 며칠째인지 몰라.」 괴상한 목소리가 계속 말을 이었다.

문에서 끼익 소리가 났다. 그녀가 황급히 커튼을 걷어 올리자 엄마가 검은 살쾡이처럼 민첩하게 움직이는 모습이 보였다. 엄마는 재빨리 어디론가 달아나 사라져 버렸다. 알고 보니 엄마가 벽 뒤에서 말을 하고 있었던 것이다!

「저쪽 엄마는 심장이 쇠약해져 있을 텐데도 정말 굽힐 줄 모르시네!」 무란은 손가락으로 입가의 기름을 닦아 내고 뭔가를 마구 씹으면서 말했다. 「주변의 이웃들을 불안하게 하려고 일부러 신비한 척하면서 그걸로 자신이 고상하다고 자찬하는 사람이 있더군. 사실 곰곰이 생각해 보면 아무 일도 없는데 말이야. 그냥 정신이 공허한 것뿐이지!」

「쓰레받기 안의 먹다 남은 갈비 찌꺼기 때문에 탁자에 온통 개미들이 기어다니네.」 경산우는 곁눈질로 그녀를 힐끗 쳐다보고는 정신을 집중하여 갈비에 붙은 살을 발라냈다. 「내 위에는 이런 썩은 갈비 찌꺼기가 가득 차 있어서 조금만 움직여도 아플 정도로 찔러 댄다니까.」

「날이 더워졌어요.」 무란은 겨드랑이에서 흘러나오는 땀을 닦았다. 「머리 감는 걸 하루만 걸러도 지독하게 쉰내가 나서 나도 감히 냄새를 못 맡겠어요.」

제 2 장

1

과즙이 많은 첫 번째 붉은 열매가 창턱에 떨어졌을 때 작은 집의 문과 창문은 무더위 속에서 쉬지 않고 파박파박 폭발하고 있었다. 하늘소가 신음을 하고 풍뎅이가 윙윙거렸다. 집 안의 꽉 막힌 공기는 옅은 붉은색을 띠고 있었다. 온몸의 땀을 닦으면서 쉬루화는 오이초절임을 두 개 먹었다. 그렇게 정신을 차리려고 애썼다.

「나는 오이초절임 냄새만 맡으면 참지를 못하겠어.」 문이 열리자 남자는 기다란 그림자를 집 안으로 던졌다.

그녀가 원망 어린 어투로 말했다. 「당신들 나무에 거울을 걸려는 것 아니었어요? 날 감시하려고 말이에요.」

그가 소리 없이 웃었다. 알고 보니 치아가 아주 하얗고 돌출된 송곳니 두 개가 매우 날카로워 보였다. 혹시 갈비를 먹기 위해 난 게 아닌가 하는 생각이 들 정도였다. 그의 잇새에 갈비 찌꺼기가 남아 있을지도 모른다는 생각이 들자 그녀는 미간을 찌푸렸다. 그의 집에서 갈비 삶는 냄새가 날아들 때마다 그녀는 항상 토하고 싶어졌다.

「매일 밤 끓는 물에 삶는 것처럼 온몸이 흠뻑 젖어요.」 그녀는 계속 불평을 늘어놓았다. 어리광을 부리는 말투라 자기가 듣기에도 피부에 닭살이 돋았다. 그녀가 배를 가리키며 말했다. 「내 몸속에는 이미 갈대가 가득 자라고 있어요. 여길 봐요. 못 믿겠으면 두드려 봐도 좋아요. 텅 빈 소리가 나잖아요. 안 그래요? 전에는 어린 시절의 일들을 생각할 때면 하나도 이해가 되지 않았어요. 나는 언제나 까치발을 하기만 하면 바람을 따라 공중에 하늘거릴 수 있을 거라고 생각했지요. 그래서 계속 편안히 잠을 자지 못했어요. 이 집에선 항상 바람이 성가시게 굴었거든요. 사람들은 내가 하루 종일 흐리멍덩하다고 말했어요.」

침대 위에서 그의 갈비뼈가 그녀의 갈비뼈를 스쳤다. 아주 짧지만 몹시 괴로운 순간이었다.

그녀의 반복되는 요구에 그는 결국 지질 팀 이야기를 해주었다.

그 이야기는 황량함 속에서 일어났다. 머리부터 발끝까지 무더위가 관통하고 있는 가운데 곳곳에 도마뱀과 메뚜기가 가득했다. 해는 하루 종일 머리 위에서 요란하게 울리며 붉은 불꽃을 뿜어 대고 있었다.

땀이 시냇물처럼 모공에서 솟아 나와 소금쩍을 만들었다.

「그 지질 팀은 나중에 어떻게 됐어요?」 그녀가 그에게 얘기를 재촉했다.

「나중에? 나중은 없어. 그저 아주 짧은 순간이었을 뿐이라 아무런 의미도 없었지. 때로는 나도 참지 못하고 〈내가 그래도 지질 팀에서 일했었다고!〉 하고 말하곤 하지. 사실은 딱 한 번 말했을 뿐이야. 다른 의미는 전혀 없다고. 나라는 사람은 당신이 처음 봤을 때의 그 모습 그대로야.」

「어쩌면 날 속인 건지도 모르지요! 결혼 얘기도 있잖아요?」 그녀는 화가 가라앉지 않았다.

「맞아, 결혼, 그건 매실 한 바구니 때문에 시작된 일이었어. 먹어도 먹어도 끝이 없었어. 나중에는 짜증이 나서 참지 못하고 결혼을 하고 말았지.」

「당신은 정말 불쌍하네요.」 그녀는 그를 불쌍하게 여기면서 등을 가볍게 쓰다듬어 주었다. 「당신이 입을 열지 않아도 무슨 말을 하려는지 다 알아요. 당신은 나랑 이렇게나 닮았다니까요. 나중에 내가 협죽도 얘기를 해줄게요. 하지만 지금은 말하지 않을래요. 나한테 누에콩이 한 봉지 더 있어요. 라오쾅이 사람을 시켜 보내 준 거예요.」

두 사람은 어둠 속에서 우적우적 누에콩을 씹었다. 무척이나 즐거워 보였다.

쥐 한 마리가 침대 밑 누더기 더미에서 새끼를 낳기 직전이었다. 부스럭거리는 소리가 요란했다.

두 사람은 누에콩을 다 씹고 나니 속이 몹시 거북했다.

「이 집에는 쥐가 너무 많은 것 같아.」그가 말했다. 말에 그녀를 자극하려는 의도가 담겨 있었다.

「맞아요. 먼지 더미 속에서 자는 것처럼 온몸이 끈적끈적해요.」그녀는 대답을 하면서도 약간 창피한 생각이 들었다. 마음속으로는 은근히 그가 빨리 떠나기를 바랐다. 자신의 배를 힐끗 내려다보니 주름이 너무 많고 더 심하게 쪼그라든 것 같았다. 아침에 그가 올 것이라 생각해서 얼굴에 분을 발랐던 것이 기억났다. 벽 쪽으로 얼굴을 향하고 있던 그녀는 그의 겨드랑이에서 시큼한 땀이 계속 흘러나오고 좁고 긴 등에도 땀이 흐르는 것을 보았다. 머리칼은 흠뻑 젖어 한 갈래씩 엉겨 있었다. 조금 전 있었던 일 탓에 온몸의 뼈대가 흩어져 뱀장어나 미꾸라지 같은 물고기로 변해 버린 것만 같았다. 지금 그는 온몸이 흐늘흐늘해지고 점액이 가득 퍼져 있었다. 그녀는 희미하게 그의 몸에서 나는 비린내를 맡을 수 있었다.

「최근에 고양이를 키우고 싶은 마음이 생겼어.」그는 이렇게 말하면서 아직 몸을 일으키려고 하진 않았다. 「이미 털이 완전히 까맣고 비쩍 마른 데다 눈이 초록색인 놈을 한 마리 잡아 놓았지. 항상 좋지 않은 마음을 품고 나를 훑어보고 있는 것 같아. 그런데 당신의 금붕어는 어떻게 죽은 거야?」

「라오쾅 말로는 이 집에 흉악한 살기의 냄새가 너무 짙대요. 금붕어는 놀라서 죽은 거예요. 최근에 나는 그림을 오려 붙이는 데 흥미가 생겼는데 어떨 땐 한밤중에도 자다 말고 일어나 그 짓을 한다니까요. 그림을 붙여 다양한 모양을 만들지요. 내겐 한 가지 계획이 있어요. 방 안의 도배지를 전부 뜯어내고 갖가지 모양의 그림들을 붙이는 거예요. 그러면 집에 들어오기만 해도 정신이 그림의 자극을 받을 테니 마음이 황량하거나 혼란스러워지는 일은 없을 거예요. 당신은 자꾸 이 방에서 자면서 조금도 질리지 않았나요?」

말이 없었다. 두 사람 다 방금 입에서 나오는 대로 떠들어 댄 것을 후회하고 있었다.

경산우는 한걸음에 문을 나서다가 수박 껍질을 밟고는 얼굴이 하늘을 향한 채 나자빠졌다. 일어나 엉덩이를 문지르면서 살펴보니 문지방 아래에 수박 껍질 너덧 조각이 일자로 나란히 놓여 있었다. 이어서 그는 부엌에서도 수박 껍질을 발견했다. 피라미드 모양으로 한 무더기가 쌓여 있었다. 그는 수박 껍질을 모아 쓰레받기에 쏟아부었다가 장인이 삽으로 그의 집 담 밑을 열심히 파내고 있는 것을 발견했다. 이미 벽돌 두 장이 파헤쳐져 깨진 상태였다. 장인은 바짓가랑이를 높이 걷어 올리고 있었다. 털이 많은 가는 다리가 그대로 드러났다.

「저리 꺼져요!」 그는 장인에게 몸을 세게 부딪쳤다. 장인은 하마터면 땅 위에 넘어질 뻔했다.

장인이 몸을 일으켜 몸에 묻은 먼지를 털어 내고는 삽을 어깨에 메고 걸어가면서 침을 뱉었다. 그러고는 주먹을 높이 치켜들었다.

「아빠가 당신의 청자 찻주전자를 가져갔어요.」 무란이 울면서 서글픈 표정으로 말했다. 그 찻주전자는 그가 몹시 아끼던 물건이었다.

「사람이 죽기라도 했어?」 그가 버럭 소리를 질렀다.

「나는 처음부터 말렸는데 아빠가 우리를 죽이겠다고 위협했어요. 아빠가 그러지 않으리라고 누가 보장할 수 있겠어요? 정말로 그렇게 할 수 있단 말이에요. 나는 아빠가 어린아이를 죽이는 걸 봤는걸요……. 아빠는 이미 반쯤 미쳤어요. 이게 다 당신한테 자극을 받아서 그래요. 원래 당신은 아무런 능력도 없었잖아요. 알고 보니 우리 일가 사람들의 신뢰를 편취한 거였죠. 엄마도 당신 때문에 화가 나서 죽을 지경이라고요……. 왜 그랬어요?」 그녀는 끝내 눈물을 훔쳤다.

「목구멍에서 똥이 나오겠네!」 그는 욕을 하면서 재빨리 집 안으로 들어가 잠을 자려고 대나무로 된 긴 의자 위에 누웠다. 천장에 쳐진 거미줄을 노려보던 그는 미쳐 버렸다.

그는 모든 소리에 귀를 기울였다. 새들이 나무 위에서 짹짹 울면서 붉은 열매를 하나하나 쪼아 땅에 떨어뜨리는 소리가 들렸다. 그는 그녀가 말한, 몸과 마음의 기력이 다해 죽은 귀뚜라미가 떠올랐다. 그 귀뚜라미의 마지막 울음소리는 어땠을까? 한번 들어 봤으면 좋았을 텐데. 그는 아주 오랫동안 나무의 열매들이 빨갛게 변하길 기대하고 있었다. 나무에 붉은 열매가 가득 열리면 모두가 편안하게 잘 수 있게 될 거라고 그녀에게 말했었기 때문이다. 그래서 첫 번째 붉은 열매가 창턱에 떨어졌을 때 그는 그야말로 미친 듯이 기뻐했다! 하지만 그는 전혀 편안히 잘 수 없었고 그날 밤은 아예 잠을 자지 못했다. 그는 여전히 무더위에 시달리면서 나무 밑을 왔다 갔다 했다. 손전등으로 비춰 가며 땅에 떨어진 붉은 열매들을 하나하나 발로 전부 납작하게 밟아 버렸다. 달이 너무 커서 그의 그림자가 땅 위에 비쳤다. 정말 괴상하고 우스운 모습이었다. 여인의 신음 소리가 굳게 닫힌 창문을 울리고 있었다. 창문 밑에는 심장이 기력을 다한 귀뚜라미 한 마리가 떨어져 있었다. 그녀는 악몽 속에서 싸움을 벌이고 있었다. 너무 연약하고 힘들어서 아침이 되면 항상 땀에 흠뻑 젖었다.

너무나 당연한 일이었다. 어떤 사람들은 절대로 꿈을 꾸지 않았다. 그들의 밤은 온통 칠흑 같은 어둠이지 않을까? 한번은 그가 참지 못하고 무란에게 이 문제에 관해 물어본 적이 있었다. 뜻밖에도 그녀는 한참 동안 그를 뚫어지게 쳐다보더니 갑자기 박수를 치면서 그의 머리카락이 다 곤두설 정도로 큰 소리로 울기 시작했다. 이어서 베개 밑에 자명종 하나를 몰래 집어넣고는 한밤중에 모골이 송연해지도록 소란을 피웠다. 그녀는 갑자기 눈을 휘둥그레 뜨더니 벌떡 일어나 커다란 컵에 물을 가득 따라 그에게 누런색도 아니고 검정색도 아닌 이상한 환약을 억지로 한 알 삼키게 했다. 환약에서는 닭똥 냄새가 났다. 남편은 그 약이 혹시 닭똥으로 만든 게 아닌가 하는 의심이 들었다. 이런 이상한 연극은 그 뒤로도 계속 이어졌다. 그러다가 결국 격분한 그가 부엌칼로 자명종을 잘게 부숴 버리고 나서야 끝이 났다. 그때 무란은 찬장 뒤에 숨어 그 광경을 바라보다가 너무 놀라 얼굴이 창백해졌다. 무란에게 그의 불면증이 전염되었다. 그 뒤로 그녀는 잠을 못 자 꿈도 꾸지 못하고 항상 침대 위를 이리저리 굴러다니면서 서글픈 표정으로 구린내가 지독한 방귀를 뀌어 대며 잔소리를 했다. 「그의 재능 범위가 어느 정도인지 알게 된 뒤로 소화 기능에 문제가 생겼어.」 검정고양이가 또 울기 시작했다. 몹시 배가 고파 우는 처량한 울음이었다. 그 고양이는 딸

펑쥔의 철천지원수였다. 어제 그가 퇴근하고 돌아와 보니 딸이 고양이 꼬리를 움켜쥐고 칼로 막 자르려고 하고 있었다. 그가 큰 소리로 호통을 치자 칼이 바닥에 떨어졌다. 「그냥 겁만 주려고 했던 거예요.」 딸은 거짓으로 웃고 있었다. 그 괴상한 표정이 외할아버지와 너무나 닮은꼴이었다. 어제 옆집 여자와 함께 침대에 누워 있을 때 그는 자신이 빈대 한 마리를 눌러 죽인 것을 알아차리고는 핏자국을 얼른 침대 가장자리에 문질러 닦았다. 마음속으로는 다시는 이 침대에 와서 자지 않겠다고 남몰래 다짐했다.

「혹시 댁에 살충제 좀 있나요?」 옆집의 곰보 라오우老五 영감이 턱에 큰 혹이 난 머리를 쑥 내밀고는 웃으면서 물었다.

그는 속으로 깜짝 놀라면서 쌀쌀맞게 말했다. 「이미 다 썼어요.」

영감은 그의 대답을 못마땅하게 여기며 집 안으로 들어와 이리저리 돌아다녔다. 「이것도 나쁘지 않겠어.」 영감은 손이 닿는 대로 재빨리 모기 퇴치제 병을 들고 나갔다.

「그건 모기 퇴치제예요. 우리도 써야 하는 거라고요!」 경산우가 큰 소리로 말했다.

「그래 좋아, 알았다고!」 영감은 멍청한 척하면서 이렇게 대답하고는 재빨리 병을 들고 멀찌감치 달아나 버렸다.

「어떻게 저 사람을 집 안에 들어오게 할 수가 있어요?」

아내가 고양이처럼 슬그머니 들어와 따져 댔다. 「저 영감은 도둑이에요! 저 영감이 이 집 저 집 다니면서 물건을 빌리는 것은 밤에 뭔가를 훔치러 가려고 사전에 정탐을 하는 거라고요. 당신은 정말 너무 멍청하네요!」

「나는 오히려 영감이 뭐라도 좀 훔쳐 갔으면 좋겠어. 그게 뭐 그리 큰일이라고 그래? 당신 아버지도 걸핏하면 찾아와서 물건을 훔쳐 가잖아. 그래도 당신은 속으로 은근히 좋아하고 말이야. 누구든지 똑같이 대해야지.」

「무슨 일이 생기면 좀 시끄럽게 소란을 피우는 것도 나쁘지 않아. 항상 마음속으로 두려워하지 않아도 될 테니까 말이야. 당신 아버지는 밤마다 우리 부엌에 잠복해 있는데……. 난 정말 이해가 안 가.」 그는 우물쭈물하면서 애매하게 말했다.

「그 린 영감 있잖아요, 바지에 똥을 싼 게 이번이 벌써 세 번째예요.」 무란은 방금 서로 가벼운 말다툼을 벌였던 것을 벌써 잊어버리고 신바람이 나서 떠들어 대기 시작했다.

「린 영감이? 당신들은 같은 사람 아니야?」 그는 마음속 고민거리를 생각하다가 자신도 모르게 말이 나와 버렸다.

「화를 부르는군요.」

「나는 정말로 당신들이 한 사람이라고 생각해.」 그가 진지한 어투로 말을 이었다. 「당신은 항상 그가 똥 누는 일만 걱정하고 있잖아? 그건 확실히 자신을 걱정하는 것과 다르지 않아. 당신은 틀림없이 공책을 한 권 갖고 있을 거야. 자신이 걱정하는 일들을 그 공책에 잘 적어 두겠지. 나도 찬성이야. 그래야…….」 그는 여전히 창밖을 내다보면서 금방이라도 떨어질 듯이 나무 위에서 흔들리는 붉은 열매를 바라보았다. 마음속으로는 그 열매가 잘 버텨 주기를 기대하고 있었다.

「뭘 찬성한다는 거예요?」 그녀가 그의 표정을 자세히 살피면서 말했다. 살필수록 더 알기 어려웠다.

「당신들 일을 찬성한다는 거야. 모든 문제가 다 저 나무에서 시작된 거야. 물론 당신도 알겠지만 먼저 꽃이 피고, 그다음 집 안에 꽃의 악취가 가득해지지. 지금은 또 붉은 열매까지 맺었잖아. 도무지 이런 일에 끝이 있기나 한 건지 모르겠어. 나는 이미 이토록 오랫동안이나 잠을 자지 못했어. 때로는 정말 피곤해서 미칠 것 같다니까. 이러다 자살하는 건 아닐까 걱정해야 하는 형편이라고.」

그의 얼굴 위에 맴도는 표정 때문에 그녀는 화를 참을 수가 없었다. 아무래도 무슨 사악한 기운에 휩싸인 게 아닌가 싶었다. 그래서 말도 그렇게 미치광이처럼 하는 것 같았다.

「사실 당신과 린 영감은 같은 사람이야.」 그는 잠시 쉬었다가 다시 말을 이었다. 「당신이 어떤 일을 생각하다가 그 영감을 찾아가 물어보면 영감도 똑같은 일을 생각하고 있었다는 걸 알게 될 거야. 못 믿겠으면 직접 가서 시험해 보라고. 사실 이건 당신이 조금도 놀랄 필요가 없는 일이야. 예컨대 우리 이 집 지붕 아래서 자는 사람들은 항상 같은 얘기를 하고 매일 같은 꿈을 꾸잖아…….」 그가 갑자기 말을 멈췄다. 자신이 쉬루화가 했던 진부한 얘기를 되풀이하고 있다는 것을 깨달았기 때문이다. 혹시 그녀가 벽을 사이에 두고 듣고 있는 것은 아닐까?

「나랑 린 영감이 어떻게 같은 사람일 수가 있다는 거예요? 말도 안 되는 얘기를. 그 영감이 바지에다 똥을 싸서 모두에게 웃음거리가 된다니까요.」 그녀는 참지 못하고 둘러대기 시작했다.

「그것도 마찬가지야. 당신이 영감을 비웃을 때 당신 자신도 웃음거리가 된다는 말이야. 당신이 영감에 관해 얘기하기 시작하면 나는 당신이 자신에 관한 얘기를 하고 있다는 생각이 들어. 내가 보기에 당신은 마음속에 두려움이 있어. 어린아이처럼 이상한 생각을 하고 있다고. 사실 그런 것들이 다 무슨 소용이 있겠어?」

그의 아내는 필사적으로 자신과 린 영감을 구별하려고 노력했다. 그들이 항상 한사코 다른 사람들을 비웃는 것은 사실 자신들이 두렵기 때문이었다. 자신들이 폭로되는 것이 두려워 짐짓 뭔가 사람들을 놀라게 하기에 충분하고 우스운 일을 발견한 듯한 몸짓을 보이는 것이었다. 예컨대 무란은 항상 똥에 대한 것들을 작은 노트에 적어 자신의 발견으로 여겼다. 항상 뭔가를 발견해야 했기 때문에 놀라는 표정과 태도를 가장하는 것이었다. 두 사람이 처음 서로를 알게 되었을 때부터 그녀는 이런 속임수를 부리기 시작했다. 당시에는 길거리에 떡을 기름에 튀겨 파는 노인이 있었다. 하루는 그녀가 무척 신비한 표정으로 그를 노인네 집 입구로 불러 갈라진 틈새로 안쪽을 들여다보게 했다. 그러면서 〈아주 훌륭한 공연〉이 펼쳐질 거라고 말했다. 그는 한참이나 등을 구부리고 안을 들여다보았지만 아무것도 보이지 않았다. 하지만 그녀는 옆에서 허리를 펴지 못할 정도로 격하게 웃으면서 말했다. 「정말 웃겨서 죽을 뻔했어요.」 그녀는 사실 그 자신을 비웃었던 걸까? 그는 아주 오랜 시간이 지나서야 그때의 일을 이해할 수 있었다.

「왜 날 비웃은 거야?」 나중에 그가 물었다.

「당신이 바보니까요.」

「그럼 당신은?」

「내가 어떻게 바보일 수 있겠어요? 내가 바보라면 당신이 바보라는 걸 어떻게 알 수 있겠어요?」

「알고 보니 그런 거였군.」

그는 그녀의 속마음을 꿰뚫어 볼 수 있게 되었다.

오히려 그녀는 그런 사실을 모르고 여전히 낡은 속임수를 쓰고 있었다.

그래서 오늘 그녀의 속을 다 들춰낸 그는 무척이나 통쾌했다.

「밥 먹기 전에 물을 세 모금 마시는 것은 심리적 균형을 유지하는 데 아주 좋은 방법이래요.」 아내는 계속 중얼거렸다. 「중요한 건 실질적인 태도를 갖는 거예요. 정신이 흐리멍덩해지는 건 절대 삼가야 한다고요. 이웃집 부부가 당신을 보고 교훈으로 삼았는지, 이전에는 내가 아무리 관찰해도 그들의 행동이 불가사의했다니까요. 그렇게 스스로 남들과 다르다고 생각하는 행동, 영문을 알 수 없는 이상한 행동이 어떤 결과를 가져왔나요? 이거야말로 깊이 있는 교훈이 아니겠어요? 만약에……..」

어제 소장은 그에게 앵무새를 기르는 일에 관해 장황하게 얘기했다. 화려한 언사로 이리저리 방향을 바꿔 가며 말했다. 자신이 그에게 좋은 품종을 구해 주면 그의 마음속에 자신에 대한 좋은 인상이 남게 될 것이라고 했다. 그러면서 앵무새를 키우는 방법을 배우는 것은 아주 고상한 취미라고 말했다. 소장이 말하며 가볍게 웃을 때 가늘게 뜬 눈빛 사이로 잔인한 모습이 비쳤다. 그런데도 그는 뜻밖에도 소장과의 대화에 깊이 미혹되는 태도를 보였다. 약간 부끄러워하기도 했다. 그러다가 대화 말미에는 전혀 적절하지 않은 한마디를 던졌다.「소장님은 줄곧 고양이를 키우지 않으셨나요?」그때 소장은 그의 비쩍 마른 등을 세게 후려치면서 사람들이 놀랄 정도로 큰 소리를 내며 웃었다. 그러고는 계속 웃어 댔다. 두 눈에서 눈물이 흘러나왔다.

곰보 라오우는 모기 퇴치제를 집 안에 뿌릴 게 분명했다. 이 못된 영감은 항상 바지 허리띠를 제대로 매지 않아서 걸핏하면 바지가 흘러내려 그 끔찍한 물건이 노출되곤 했다. 그는 털이 다 빠진 하얀 수탉 한 마리를 키우고 있었다. 거의 매일 목숨을 걸고 그 어린 수탉을 쫓아다녔다. 가끔은 수탉을 향해 돌을 던지다 수탉 등에 멍울이 몇 개 올라오고 나서야 그만두곤 했다. 이 영감은 그를 극도로 무시했다. 그가 서류 가방을 들고 초췌한 모습으로 거리를 걸어올 때마다 콧방귀를 뀌며 말했다.「정말 무능한 친구야!」가끔은 그에게 들리도록 일부러 큰 소리로 말하기도 했다. 그 영감에게 경멸당하고 있다는 사실이 그를 너무나 괴롭게 했다. 매일 출퇴근할 때마다 반드시 영감의 집 앞을 지나야 했기 때문이다. 그는 이런 현실로부터 도망칠 다양한 방법을 생각해 보았다. 예컨대 그 영감네 집 맞은편에 있는 공중화장실에 숨어 있다가 영감이 외출하는 걸 확인하고서야 재빨리 나와 그 집 앞을 빠른 걸음으로 지나갈 수도 있었다. 아니면 동료를 하나 불러 함께 걸어가면서 얘기를 주고받음으로써 아예 영감에게 신경을 쓰지 않는 척할 수도 있었다. 하지만 곰보 라오우는 뜻밖에도 너무나 집착이 강한 사람이라 그가 자신을 피하려 한다는 것을 안 뒤로는 전보다 더 부지런히 그를 괴롭혔다. 영감은 항상 그의 출퇴근 시간을 정확히 예측하여 끈기 있게 기다리고 있다가 그가 가까이 다가오면 재빨리 튀어나와 그의 앞을 가로막았다. 그러고는 그의 등 뒤에 대고 동정하는 듯한 어투로 그를 미치게 만드는 말을 한마디 던졌다. 이런 장난은 이미 영감에게 가장 큰 즐거움이 되어 있었다. 아무리 큰비가 내리고 눈이 많이 와도 영감은 방수 우산을 준비하여 집 앞을 지키면서 삼가 그의 왕림을 기다렸다. 하루는 그가 감기에 걸려 출근을 하지 않고 침대에 누워 있었다. 그는 영감의 모욕으로부터 벗어난 것에 마음속으로 무척 흐뭇해하고 있었다. 그러다가 고개를 드니 창밖에 밀짚모자를 쓴 사람의 그림자가 보였다. 무척이나 낯익은 얼굴이었다. 그림자는 슬그머니 빠져나가더니 다시는 보이지 않았다. 그는 한참을 생각하고 나서야 그 사람이 바로 곰보 라오우라는 것을 알아차렸다. 그 영감이 분장을 하고 그의 병세를 알아보기 위해 몰래 찾아왔던 것이다.

「집 안 공기가 좀 축축한 것 같네.」아내가 다니는 공장의 과장이 앞집에서 큰 소리로 말했다.

「저 사람은 멍청이예요.」 아내가 탄식하듯이 말했다. 몹시 짜증이 나는 모양이었다.

「멍청이지.」 과장은 천지가 다 들을 수 있을 정도로 큰 소리로 트림을 했다.

「게다가 고집스럽기까지 하다니까요.」

「그래 맞아. 고집스럽기까지 하지.」

「저는 과장님 귀에 난 털 두 가닥을 잘라서 상자에 넣어 둘 작정이에요.」

「왜 그러는 거지? 놀라 기절할 소리만 하고 있네.」

「기념으로 삼으려고요. 이 원숭이야.」

「날 원숭이라고 부르지 말라고. 나는 수탉이란 말이야.」

「거미야, 벼룩아, 메뚜기야……」

과장이 갑자기 암탉이 알을 낳는 것 같은 울음소리를 냈다. 이어서 두 번째, 세 번째 소리를 냈다……. 알고 보니 그는 웃고 있었다. 웃고 또 웃다 보니 작은 집 전체가 다 흔들리고 마루가 들썩거렸다. 찬장 안의 그릇들이 부딪쳐 댕그랑 소리가 나고 공기는 쉭쉭 날카로운 소리를 냈다. 경산우는 너무 놀라고 겁이 나 귀를 막고서 뒷문을 열고 밖으로 도망쳤다. 10분이 다 되어서야 그 괴상한 웃음소리가 점차 잦아들었다. 집 안에서는 또 〈쾅!〉 하고 둔탁한 소리가 울렸다. 그가 벽 틈새로 들여다보니 아내와 과장이 서로 부둥켜안고 침대 아래에서 뒹굴고 있었다.「둘이 싸우고 있었던 거로군.」 그는 안도의 한숨을 내쉬었다. 「그런데 그 침대 밑에는 전갈이 있을 텐데……..」

 과장이 나가자 이번에는 그가 무란과 싸우기 시작했다. 처음에는 그냥 장난을 좀 칠 요량으로 그녀를 침대 위로 밀어 놓고 간지럼을 태우다가 갑자기 자신도 모르게 그녀를 발로 걷어차고 말았다. 그녀가 비명을 지르면서 달려들어 그의 팔을 물었다. 이어서 필사적으로 그의 목을 껴안고는 온 힘을 다해 그의 머리를 벽에 박아 댔다. 그는 숨도 제대로 쉬지 못하면서 분노와 증오로 온몸을 떨었다. 결국 간신히 그녀의 팔에서 벗어난 그는 그녀의 급소에 대고 미친 듯이 발길질을 해댔다. 때마침 딸이 들어와 옆에서 한참 동안 냉정하게 관찰을 하더니 갑자기 검정고양이를 붙잡아 두 사람 쪽으로 던졌다. 깜짝 놀란 두 사람은 멍한 표정을 지으며 동시에 손을 멈췄다. 딸은 경멸하듯 웃으면서 슬그머니 밖으로 빠져나갔다. 검정고양이는 기름으로 얼룩진 그의 바지를 기둥 삼아 즐겁게 발톱을 단련했다.

 「나 정말 사는 게 힘들어. 이 모든 게 불면증 탓인 것 같아.」 그가 무란에게 말했다.

 「이웃집 여자에 대한 감시를 강화해야 할 것 같아요. 최근에 그 여자가 밤새 불을 끄지 않아서 밤마다 벽 틈새로 빛이 새어 들어와요. 한번은 그 여자가 여자 엉덩이 사진을 모으고 있는 걸 훔쳐본 적도 있어요. 그 여자 집 벽에 그런 엉덩이 사진이 가득 붙어 있더군요. 정말이지 차마 눈 뜨고 볼 수가 없더라고요. 어쩌면 그 여자가 몰래 음화 장사를 하고 있는 건지도 모르겠어요.」

그녀가 나갔다. 그는 그녀의 구두 한 짝을 들어 뒤쪽에 있는 하수도에 던져 버렸다. 그러고는 한동안 소리 내어 웃었다. 그에 대한 곰보 라오우의 공격은 이미 더 이상 참을 수 없는 지경에 이르렀다. 오늘 영감은 사람들 앞에서 죽기 살기로 그의 팔을 꽉 잡고는 빈대 한 마리를 손에 쥐여 주고 나서 재빨리 도망치면서 주위에서 구경하고 있는 사람들을 향해 그의 사적인 비밀을 대중에게 공개하겠노라고 선포했다. 그는 간담이 서늘해져 머리를 감싸 쥐고 허둥지둥 도망쳤다.

「나는 백 살까지 살 거야!」 곰보 라오우가 그의 등 뒤에 대고 선포했다.

2

그녀는 신문지를 한 무더기 찾아내 가늘고 길게 자른 다음, 사다리를 가져다 놓고 기어 올라가 벽의 모든 틈새를 꼼꼼히 틀어막았다. 그녀는 한밤중까지 바쁘게 돌아쳤다. 몸에서는 계속 시큼하고 고약한 냄새가 나는 땀이 흘러내렸다. 집 안에 있던 먼지들이 그런 그녀의 몸에 줄줄이 얼룩을 만들었다.

그들이 소란을 피우는 동안 그녀는 줄곧 집에 앉아 있었다. 그녀의 창문 커튼에 커다란 구멍이 하나 나 있었다. 추하게 생긴 점박이 나방 한 마리가 그 구멍으로 기어 들어와 노란 액체를 뿌리고 커튼 위에 빽빽하게 알을 낳아, 보는 사람들의 몸을 찌릿찌릿 저리게 했다. 폭염이 나날이 심해져 그녀는 집에 들어오면 곧바로 옷을 다 벗어 버리고 완전히 알몸이 되었다. 거울 속에는 아주 낯익은 모습이 나타났다. 쪼글쪼글 주름이 가득한 모습이었다. 그녀는 또 어렴풋이 그 남자의 호리호리한 그림자를 떠올렸다. 그녀의 기억 속에서 그는 이처럼 둥둥 떠다니는 존재라 아무리 해도 손에 잡을 수가 없었다. 그녀는 침대 위에서 둘이 함께 자던 일을 기억하려고 애썼지만 항상 조각나 흩어져 버린, 있는 듯 없는 듯한 기억의 조각들만 얻을 수 있을 뿐이었다. 탁자 위의 먼지는 이미 그녀가 깨끗이 닦아 버린 터라 반원형의 엉덩이 자국도 남아 있지 않았다. 어쩌면 그녀가 완전히 잘못한 것인지도 몰랐다. 맨 처음에 그녀에게는 정말로 이런 욕망과 비슷한 것이 있었다. 그가 마지막으로 누에콩을 다 먹고 자신이 지질 팀에서 일하던 얘기를 해준 뒤부터 그녀는 욕망이 흔적도 없이 사라진 것 같은 느낌이었다. (어쩌면 원래 그런 욕망은 존재하지 않았고 그녀 스스로 자신을 속인 건지도 몰랐다.) 여러 날 동안 그녀는 줄곧 마음이 조마조마했다. 전혀 생각도 못 하고 있을 때 그가 불쑥 뛰어 들어올까 봐 두려웠다. 그녀는 문을 잘 닫고 빗장을 건 다음 모기장 안에 숨어 땀을 뻘뻘 흘리면서 계속해서 괴로워했다. 그들이 소란을 피울 때 그녀는 그 소리를 선명하게 들었지만 아무런 관심도 보이지 않고 잔뜩 긴장한 채로 나방만 주시하고 있었다. 나방이 침대 위로 날아와 알을 낳을까 봐 두려웠다. 〈그 남자는 정말 수상한 괴물이야.〉 그녀는 애써 마음을 가라앉히면서 이렇게 생각했다. 그녀는 이미 그가 자신과 같다고 말했던 것을 잊고 있었다. 모기장 안은 몹시 갑갑했다. 커다란 파리 두 마리가 모기장 위에서 요란하게 윙윙거리면서 몸이 한 덩어리가 되어 짝짓기를 하고 있었다. 밖에는 해가 지독하게 내리쬐고 있었지만 대낮인데도 어두컴컴했다. 그녀의 기억 속에서 낮은 항상 어두컴컴했고 닥나무와 작은 집은 항상 그 어둠의 바닥에 가라앉아 있었다. 모기와 벌레들이 굳게 닫힌 집 안에서 갑갑한 노래를 부르고 있었다. 밝게 빛나는 낮은 과거에만 존재했다. 협죽도의 쓸쓸함과 함께 온 낮이었다. 그때 나무에 가득했던 잎은 불이 붙은 것 같았고 땅 위의 작은 동그라미들은 은화를 가득 뿌려 놓은 것 같았다. 그때 귀뚜라미의 앓는 소리는 들리지 않았다. 산비둘기 두 마리만 상냥하게 잠꼬대하듯이 아침부터 저녁까지 울어 댔다.

그녀의 아버지는 엔지니어였다. 「그 애는 나중에 아빠의 직업을 물려받게 될 거예요.」그녀가 어렸을 때 엄마는 항상 사람들에게 허풍을 떨었다. 하지만 그녀는 아빠의 직업을 물려받지 못하고 사탕 파는 종업원이 되었다. 이 때문에 엄마는 그녀를 몹시 원망했고, 이렇게 맹세했다. 「저 애가 영원히 평안할 수 없도록 훼방을 놓고 말겠어.」 억울함을 호소하기도 했다. 「저 애가 내 목숨을 빼앗아 가려고 해요.」 엄마는 사람들을 만날 때마다 딸로 인한 자신의 고통을 호소하면서 울기까지 했다. 「정말 독사 같은 년이에요. 도대체 왜 저러는 걸까요?」 그녀의 엄마는 항상 온갖 일로 속을 끓이곤 했다. 그녀 아빠는 어쩌면 엄마의 이런 점을 견디지 못해 거리에서 담배 노점을 하는 아주머니랑 바람을 피우게 된 것인지도 몰랐다. 엄마는 매일 식재료를 사러 거리에 나갔는데 아빠가 그 아줌마네 작은 집 처마 밑에서 나오는 것을 자주 목격했다. 하지만 그녀는 추한 꼴을 보일 수가 없어서 그저 아무 일 없는 척 태연하게 행동할 수밖에 없었다. 라오쾅이 어제 또 사람을 시켜 누에콩을 한 봉지 보내왔다. 이번에는 더 딱딱하게 볶은 탓에 한참을 씹으면 턱이 아프고 관자놀이가 심하게 부어올랐다. 퇴근하면서 그녀는 라오쾅이 시어머니에게 팔을 꼭 잡힌 채로 거리에서 우물쭈물하고 있는 모습을 보았다. 시어머니는 화려하고 눈을 자극하는 주름진 비단옷 차림이었지만 머리에는 여전히 다 헤져서 너덜너덜한 밀짚모자를 쓰고 있었다. 마르고 납작한 몸이 도끼로 찍어 낸 것 같았다. 라오쾅은 얼굴에 기름이 번지르르한 것이 예전과는 확연히 다른 모습이었다. 왠지 자신감이 넘쳐 보였다. 날듯이 힘차게 걸으면서 길 위의 깨진 벽돌 조각을 발로 멀리 걷어차 버렸다. 「삶에는 모름지기 명확한 투쟁 목표가 있어야 해.」 시어머니의 단호한 목소리가 들렸다. 시어머니는 무척이나 거만한 동작으로 흐늘흐늘한 밀짚모자를 벗어 사전에 미리 계획하기라도 한 듯이 먼지를 털어 냈다. 그녀가 두 사람 앞을 지나갈 때 그녀를 본 시어머니는 애써 마음을 가라앉히면서 멸시하듯 그녀 쪽으로 머리를 두 번 끄덕였다. 그런 다음 확실한 목적지가 있는 것처럼 라오쾅을 끌고 그녀 옆을 스쳐 지나갔다. 「이 밀짚모자는 내게 아주 각별한 의미가 있어······.」 그녀의 말투는 너무나 간절했다. 마음속 공허함을 감추기 위한 것이었다. 「알고 보니 향수도 뿌리시네!」 그녀는 두 사람이 그렇게 진지한 태도로 함께 있는 것을 보면 항상 웃음을 참을 수가 없었다. 하지만 이번에는 감히 웃을 수 없었다. 누군가 커튼을 흔들고 있고 또 누군가 커튼 뒤에 숨어 그녀를 관찰하고 있는 것을 알아챘기 때문이다. 커튼 뒤의 사람은 창문을 밀어 열고 짐짓 목을 헹구는 척하며 밖에다 대고 침을 내뱉고는 눈을 치켜뜨고 그녀를 훑어보았다. 창문을 닫고 나서도 아직 커튼 뒤쪽에 숨어 있는지도 몰랐다. 시어머니와 남편은 이미 멀리 갔지만 목소리는 아직도 바람을 타고 끊임없이 그녀의 귓속으로 전해져 왔다. 「눈과 마음을 항상 밝게 유지하면 끝없이 힘이 솟아나지······.」

낮은 어두침침했다. 대낮임에도 불구하고 탁자 위로 쥐떼가 돌아다니면서 탄력 있고 묵직한 발걸음 소리를 냈다. 그녀가 눈을 감자마자 해바라기 화분이 보였다. 하나 또 하나, 따뜻한 황금빛 해바라기가······.

「정말 더 이상 못 살겠어.」 그의 목소리가 흐느끼는 것처럼 길게 늘어졌다. 그녀는 그의 머리 위에서 비듬이 떨어져 어깨 위에 하얗게 내려앉은 것을 보았다.

「당신은 하나도 충동적이지 않으면서 억지로 그런 척하지 말아요.」 그녀가 문을 열고 가슴 위로 팔짱을 낀 채 오만한 눈빛으로 그를 바라보았다. 「당신의 그런 모습이 너무 우습다는 생각 안 들어요? 이 위에 이상한 나방이 한 마리 있는데 굳세게 달라붙어서 좀처럼 날아갈 생각을 하지 않아요. 당신이 나 대신 좀 때려 죽여 줬으면 좋겠어요.」 그녀가 빗자루를 가리켰다.

그가 기다란 허리를 고양이처럼 움직여 살금살금 나방이 있는 곳으로 다가가 거세게 빗자루를 휘두르자 나방이 땅바닥에 떨어졌다.

「아무래도 내가 너무 굳세지 못했던 것 같아.」 그가 궁

색한 표정을 지으며 말했다. 「물론 당신도 다 들었겠지. 뭐 그리 대단한 일이 있는 것도 아니고 말이야. 그런 거지? 내 모습이 꼭 쥐약 파는 아줌마 같네.」

「완전히 혼자 다정한 척하고 살았던 거지.」 그녀는 안도의 한숨을 내쉬며 나방을 발로 밟아 죽였다. 「당신은 우리 엄마를 닮아 가는 것 같아요. 우리 엄마처럼 사는 건 정말 쉽지 않아요. 하루 종일 항상 그렇게 화가 나서 여기저기 뛰어다니거든요. 너무 피곤해요. 나는 가끔 엄마가 어떻게 오늘까지 살아왔는지 이해가 안 된다니까요. 어쩌면 우리 엄마는 결국 암에 걸려 죽게 될 지도 몰라요.」

「최근에는 아무런 꿈도 안 꿨어.」 그가 우물쭈물 그녀에게 말하고는 뒤로 물러서더니 문가로 걸어갔다. 가서 문을 열려는 것 같았다.

「당연하죠. 당신은 너무 바쁘잖아요.」 그녀가 그를 이해한다는 듯이 말했다. 「당신은 항상 변해 보고 싶다고 했잖아요. 어쩌면 당신이 그렇게 하는 것도 효과가 있을 것 같다는 생각이 들어요. 항상 그렇게 노력하고 있으니까요. 그게 얼마나 어려운 일인지 상상하기 어려울 거예요……」

「극도로 어렵지. 난 아예 바보인 것 같아.」 그는 가슴에 울분이 가득한 채 그 자리에 서서 미동도 하지 않았다. 「다들 무슨 말을 하든 어떤 일을 하든 전부 아주 정연하고 훌륭하게 해내지. 그런데 나는 아무것도 아니잖아. 점점 꼴이 말이 아니야. 아무리 죽을힘을 다해 남들을 따라 해도 발전이 없어. 하루 종일 사무실 창가에 서서 뭔가 깊은 사색에 잠긴 척해 봐도 다리만 부러지게 아플 뿐이었어. 사실 난 확실하게 정해져 있는 거지. 이렇게 아무것도 아닌 사람으로 살아가도록 말이야.」 그가 잠시 멈췄다 다시 말을 이었다. 「몇십 년 동안 나는 항상 이랬어. 당신은 어때?」

「나요? 아, 나는 자꾸 당신이 생각나지 않았어요. 내가 보기에 당신은 그림자 같은 존재예요. 확실히 당신은 아무것도 아니야. 사실은 나도 마찬가지예요. 하지만 나는 이것 때문에 고민하지도 않고 굳이 변하고 싶은 생각도 없어요. 나는 이미 고갈되어 버렸어요. 내가 전에 이미 말했잖아요. 내 몸 안에는 갈대가 가득 자라고 있다고. 내가 고민하는 것은 단 한 가지예요. 바로 이 담요지요. 자기 전에 이 담요를 침대 가장자리에 못 박아 고정시킬 작정이에요. 그래야 날아가지 못할 테니까요. 우리 같은 사람들 중에는 변하고 싶어 하는 사람도 있어요. 변화에 성공해서 일반적인 사람이 되기도 하고요. 하지만 성공하지 못하는 사람들도 있어요. 그들은 아무것도 아니라는 사실에 불안해하면서 항상 자신을 명확하게 규정하려고 노력하지요. 그렇게 평생 헛수고만 하면서 몸부림치는 거예요. 내 생각에는 당신도 성공하지 못할 것 같아요. 뼈가 너무 둔하고 무거운 데다 관절염까지 앓고 있잖아요. 사람들 앞에서 몸을 한 바퀴 돌리는 것도 너무 힘들어하고요. 자, 날 봐요. 나는 그냥 이런 모습으로 오이초절임이나 먹으면서 아주 편안하게 지내잖아요.」

「이웃 사람이 내게 살충제를 빌리러 온 척하면서 내가 보는 앞에서 모기약을 빼앗아 가버렸어. 우리 마누라는 이게 너무 굴욕적인 일이라고 했지.」

「그건 조금도 굴욕적인 일이 아니에요. 사실 당신도 전혀 굴욕을 느끼지 않았잖아요. 안 그래요? 왜 여기 와서 그런 척하는 거예요? 이게 얼마나 나쁜 일인지 알아요? 당신은 **그**를 두려워할 필요가 없어요. 그 이웃 말이에요. 어둠 속에서 나무줄기가 터지는 소리 못 들었어요? 이 나무는 정말 미친 듯이 화가 난 거예요. 나무에 가득한 나뭇잎들이 일제히 폭발하면서 불씨를 뿜어 대는 걸 봤다고요······.」

「난 최근 들어 아무런 꿈도 꾸지 않아. 이만 가봐야겠어.」 그는 가버렸다. 이번에는 탁자 위에 반원 모양의 엉덩이 자국을 남기지 않았다.

그가 〈이만 가봐야겠어〉라고 말할 때 도둑이 제 발 저린 듯한 그 표정을 보고 그녀는 무척 즐거웠다. 그녀는 그가 입고 있는 셔츠가 너무 더럽고 기름때가 잔뜩 끼어 있는 데다 겨드랑이 부분에는 솔기가 풀려 있는 것에 눈길이 갔다. 너무나 불쌍한 몰골이었다. 아마도 아내가 이미 그와 사이가 틀어져 옷도 꿰매 주지 않는 것 같았다. 그런데도 그는 정말인 척하면서 꿈을 하나도 꾸지 않는다는 말 따위를 하고 있는 것이었다. 정말 이상한 일이 아닐 수 없었다.

 사실 그는 나뭇가지가 폭발하는 소리를 들었고 나뭇잎들이 불꽃을 내뿜는 것도 보았다. 그가 꿈을 꾸지 않는다고 말한 것은 마음속으로 몹시 부끄럽기 때문이었다. 당시에 그가 펄쩍 뛰어올라 창문을 꼭 닫은 것은 헤아릴 수 없을 정도로 많은 나방이 불씨를 갖고 집 안으로 몰려와서였다. 창밖에는 머리를 풀어 헤친 알몸의 여자가 쓸쓸한 달빛 아래 미동도 하지 않고 서 있었다. 그 몸의 윤곽에 그는 놀라움을 금치 못하면서 온몸 가득 두드러기가 났다. 그는 잠을 자고 싶었다. 그렇지만 뒤통수가 베개에 닿는 순간 날카로운 무언가에 찔리고 말았다. 그는 베개를 마구 두드린 다음 반대쪽으로 뒤집어 놓고 다시 누웠지만 이번에는 더 매섭게 찔렸다. 아야! 그는 엉겁결에 소리를 질렀다. 여자는 창문 유리창 밖에 서 있었다. 비쩍 말라 쪼글쪼글한 젖가슴이 밑으로 축 늘어져 있었고 온몸에는 불씨가 가득 달라붙어 있었다. 그녀가 소리 없이 입술을 움직였다.

「뭘 그렇게 뒤척거려요?」 아내가 그를 한 대 세게 걷어 찼다.

「붉은 열매가 쉴 새 없이 기왓장 위로 떨어지고 있잖아. 전혀 안 들려? 창밖을 좀 내다봐. 괴상한 물체 하나가 서 있단 말이야.」

「헛소리하지 마요!」 그녀는 신발을 지르신고 창가로 가서 창문을 열고 밖으로 머리를 내밀면서 말했다. 「쳇! 사람 놀라게 하지 말아요. 아마 내가 낮에 걸어 둔 그 거울에 빛이 반사된 걸 거예요. 그것 때문에 잠을 못 잔 거예요? 당신 신경이 너무 쇠약해졌어요. 어쩌다 이렇게 허약해진 건지. 내가 올라가서 떼어 낼게요.」 그녀는 쿵쿵거리며 위로 올라갔다가 다시 쿵쿵거리며 내려왔다. 「내일 그 법사를 불러 악귀를 쫓아 달라고 할까요? 어떤 사람이 몰래 알려 주었는데, 우리 이 작은 집에 귀신이 나타나 소란을 피우기 시작한 지 이미 오래됐대요. 내가 왜 거울을 가지고 이웃집의 움직임을 감시하고 있는지 알아요? 나는 줄곧 그들을 의심하고 있었어요! 그 사람들이 악귀를 물리치려 했지만 소용이 없었고, 결국 그 남자가 이사해 나갔잖아요. 알고 있었어요? 그 여자는 틀림없이 이미 썩었을 거예요. 어느 날 밤에는 그 여자가 집에서 무언가를 상대로 우당탕 소리를 내면서 다투는 걸 들었다니까요! 절대로 그 여자를 쳐다보지 말아요. 그 여자 눈에는 길이가 두 치나 되는 바늘이 들어 있어요. 그 여자가 어린아이 몸에 대고 바늘을 쏘자 아이가 아파서 엉엉 소리 내어 우는 걸 내가 봤다니까요.」

소장과의 그 대화로 인해 그는 사람들의 웃음거리가 되었다. 그날 안궈웨이가 사무실에서 그를 향해 큰 소리로 외치듯이 말했다.「이봐, 혹시 우량종 고양이 있나? 있으면 한 마리 헌납해 주게!」나머지 사람들은 일제히 귀엣말을 주고받으며 곁눈질을 하고 있었다. 그 가운데 한 명이 손가락에 침을 묻혀 먼지로 뒤덮인 유리 위에 대담하게 고양이를 한 마리 그렸다. 그가 멍하니 서 있자 사람들은 또 쥐를 쫓기 시작했다. 시끄럽게 소리를 지르고 여기저기 부딪치고 넘어지다가 기회가 될 때마다 그를 잡아끌고 몸을 부딪치면서 한순간에 벽까지 밀어붙였다. 그러더니 또 한순간에 그를 책상 옆으로 밀고 갔다.

「저는 고양이를 키우지 않아요…….」그가 부딪쳐서 아픈 허리를 어루만지며 더듬더듬 말했다.

「저 친구가 지금 뭐라고 한 거야?」모든 사람이 일제히 동작을 멈췄다. 쥐 쫓기를 그만두고 흥미진진한 표정으로 그를 에워싸고는 뚫어져라 쳐다보았다.

「지금 **뭐라고** 했어요?」

「저는 지금…… 그러니까…… 저만의 독특한 감각이 있다고 말하려던 참이었어요.」그는 겁에 질린 표정으로 사람들을 쳐다보면서 감히 그다음 말을 잇지 못했다.

「하느님, 맙소사!」 모든 사람이 펄쩍펄쩍 높이 뛰어올랐다. 즐거워 죽겠다는 듯한 표정이었다. 「자신에게 특별한 능력이 있대! 동지 여러분! 이 친구 허풍 떠는 것 아닙니까? 하하하!」

「하하하.」 그도 뒤늦게 웃음에 동참했다. 필경 뭔가를 표현해야 했기 때문이다. 쥐들이 또 탁자 밑으로 뛰어다니기 시작하자 모두들 벌떼처럼 쥐를 쫓아갔다. 그 역시 자신이 군중 가운데 한 사람이라고 생각했는지 갑자기 쥐를 쫓기 시작했다.

「잠깐!」 안궈웨이가 그의 목을 움켜쥐었다. 「이 사실을 소장님께 보고해야겠어. 자네가 절대로 고양이를 기르지 **않는다**는 사실을 말이야.」 그가 배시시 웃으면서 말했다.

그는 마음속에 음흉한 의도를 품고 몇 날 며칠을 보냈지만 소장은 그를 찾으러 오지 않았다. 심지어 멀리서 그를 보면 일부러 에돌아갔다. 그러다가 딱 한 번 사무실 밖에서 우연히 소장이 그에 대해 평하는 얘기를 들었다. 소장은 그가 〈한 마리 웃기는 늙은 앵무새〉라고 말하고는 곧바로 사람들이 놀랄 정도로 크게 웃어 대기 시작했다. 「내 발가락은 왜 이렇게 간지러운 거야? 엉?」 그가 숨을 헐떡거리며 말을 이었다. 「나는 웃었다 하면 발가락이 미치도록 가렵단 말이야. 이 망할 놈의 발가락 같으니라고!」

 가랑비가 내리는 아침이었다. 곰보 라오우가 거리에서 또 그를 막아서더니 푸르스름한 콧물을 그의 바지통에 흘렸다. 이로 인해 그는 완전히 다른 모습을 보이기로 마음먹고 용기를 내 소장의 집으로 향했다.

 집 안의 어지러운 모습에 너무 놀란 그는 자신이 고물상에 온 것이 아닌가 하는 혼란에 빠졌다. 온갖 잡동사니가 천장에 닿을 정도로 잔뜩 쌓여 있고 다락방 두 개가 금방이라도 무너질 것처럼 위태롭게 흔들렸다. 그는 힘껏 눈을 깜빡였다. 먼지로 덮여 있는 셀 수 없이 많은 집기 더미 속에 술 단지와 손잡이 없는 삽, 염주 한 꿰미, 거친 사기대접 한 무더기, 새장(안에는 거의 죽어 가는 앵무새 두 마리가 서 있었다), 여자의 긴 머리카락 한 다발(다락방에서 아래로 늘어져 있어 사람들이 보면 깜짝 놀랄 게 분명했다), 다리가 세 개인 옛날식 침대, 석고로 된 생식기 모형 한 무더기, 상어 머리뼈, 부러진 지팡이 등이 보였다. 한쪽 구석에서 소장과 그의 부인이 식사를 하고 있었다. 밥과 음식이 대나무로 만든 새장 위에 펼쳐져 있었다. 새장 안에는 누런 암탉 한 마리가 들어 있었다. 소장의 부인은 까만 진흙 인형처럼 눈동자가 전혀 움직이지 않았다.

「제가 아마 할 수 있을…….」 그는 조심스럽게 걸음을 옮겨 잔뜩 쌓여 있는 잡동사니를 우회하면서 우물쭈물 입을 열었다. 「생각해 봤는데, 제게 그런 우수한 품종을 확보할 방법이 있습니다.」

「헤헤?」 소장이 눈 흰자위를 번득이면서 음식 씹던 것을 멈추고 주부코를 그의 옷 위로 내밀어 냄새를 자세히 몇 번 맡았다. 「자네가 보기엔 인상이 어떤 것 같나? 내가 이번에 자네 안목을 크게 넓혀 줬지? 자네 그 상어 뼈 봤나? 소감이 어때? 당장 사무실에 들어가서 허풍을 좀 떨어도 될 걸세. 자네는 정말 운이 좋은 사람이야! 하지만 이 녀석은 정말 엉망진창이야. 이런 녀석들을 어떻게 앵무새라고 할 수 있겠나. 그냥 까마귀 새끼들이지! 그런데 말이야, 그 침대 위에는 앉지 말도록 하게. 다리가 세 개뿐이거든. 이 새장 위에는 앉아도 되네. 우리는 가끔 이 새장을 의자로 사용하거든. 손님이 있을 때 말일세. 자네가 날 위해 좋은 물건들을 가져오면 자네에게 뒤쪽 방 두 칸에 있는 물건들을 구경할 수 있게 해주겠네. 하지만 지금은 안 되네. 먼저 내게 좋은 물건을 건네줘야 한다고. 자네가 헛수고하게 할 생각은 없네. 한번 보고 나면 얼마든지 허풍을 떨 수 있을 거야. 허튼수작 부릴 생각은 하지 말게. 사람들이 자네가 속이 아주 검다고 하던데, 정말 그런가? 어쩌면 몰래 우표를 수집하는 일로 사람들을 놀라게 할 수도 있겠지. 쳇, 그런 일은 나한테 잘 배워 두는 게 좋을 거야.」

「실제로 저는 아주 엄숙한 생각을 갖고 있습니다. 저는 변화할 생각이에요…….」

「쉿! 그런 말 말게! 요즘 내 심장이 아주 비정상적으로 뛴단 말일세. 그러는 게 맞아. 그래야 하네.」 소장은 아주 너그러운 태도를 보이며 그의 등을 다독이다가 갑자기 또 뭔가가 생각났는지 말을 이었다. 「아무리 늦어도 모레를 넘기면 안 되네. 모레가 지나면 뒤쪽 방에 있는 보물들을 자네에게 보여 줄 수 없네. 잘 알아들었지? 내 보물들을 보지 못하면 평생 후회하게 될 걸세. 무덤에 들어갈 때까지 계속 후회하게 될 거라고!」 소장은 퉁퉁한 손가락을 세워 경고하듯 그의 얼굴을 찔렀다. 「최상급의 물건을 가져오게! 세상에 둘도 없는 걸로 말일세. 알겠나?」

최근에 그는 자신이 갈수록 노쇠해 가고 있음을 느꼈다. 가끔씩 지질 팀에서의 일을 기억하기도 했지만 그때의 풍경은 이미 너무나 멀리 밀려나 희미하게 빛나는 작은 점이 되어 버렸다. 낮에 그는 종종 자신이 불가사의한 일들을 하고 있음을 깨달았다. 한번은 톱으로 침대 다리를 자르려고 한 일도 있었고 또 한번은 아내의 양말 위에 오줌을 싸기도 했다. 옆집 여자가 뜻밖에도 옆에 아무도 없는 것처럼 거리낌 없이 오이초절임을 먹을 수 있다는 것을 생각할 때면 그는 마음이 어지러웠다. 그는 옆집 여자의 집에 모기가 잔뜩 모여 있는 소리를 들었다. 아예 모기들이 운동회를 하는 것 같았다. 벽 틈새에 종잇조각들이 붙어 있긴 하지만 그녀의 고관절이 침대 위에서 부딪치며 내는 삐거덕 소리와 미약한 숨소리가 고스란히 들려왔다. 그의 귀는 어떻게 나이가 들어 갈수록 오히려 더 민감해지는 것일까? 예컨대 무란은 지금까지 아무런 소리도 듣지 못했다. 그녀는 붉은 열매가 기와 위로 떨어지는 소리도 듣지 못했고 나뭇가지가 폭발하는 소리도 듣지 못했다. 옆집 모기들의 요란한 소리도 듣지 못했고 여자가 침대에서 뒤척이는 소리도 듣지 못했다. 그녀는 매일 밤 침대 위에서 소화불량으로 인한 지독한 방귀만 뀌어 댔다. 과거에 그녀의 엄마가 방귀를 뀌어 대던 나쁜 버릇이 그녀에게 그대로 전해 내려온 것 같았다. 가끔은 그가 비겁하게 무슨 소리 못 들었느냐고 물으면 그녀는 항상 격하게 화를 내면서 그를 〈천생 지질한 외모〉에 〈남들 앞에서 낯을 들 수 없을 정도로 못된 것들을 마음속에 숨기고 있는〉 사람이라고 나무랐다. 그가 기르던 검정고양이는 이미 집을 나가 버렸다. 고양이는 어쩌다 한번 돌아오면 뭔가 음모를 꾸미고 있는 것처럼 여기저기 냄새를 맡고 다니다가 애교를 떨면서 그를 향해 두 번 울음소리를 들려주고는 다시 황급히 도망쳤다. 그는 고양이의 꼬리가 절반밖에 남아 있지 않은 것을 알아챘다. 딸이 자른 걸까? 그렇다면 딸은 마침내 목적을 달성한 셈이었다. 그가 일부러 농담하듯이 이런 사실을 얘기하자 딸은 괴상망측한 모습으로 울기 시작하더니 집 뒤에 있는 우물에 뛰어들어 죽어 버리겠다고, 안 그래도 이 집이 이미 충분히 지겨워져 더 이상 참을 수 없다고 말했다. 마치 자기 자신은 고결한 양!

마침내 어느 날, 더위에 머리가 혼미해진 사람의 헛소리가 어두운 창가에서 흘러나올 때, 마지막 붉은 열매가 투둑 소리를 내며 기왓장 틈새로 떨어졌다.

3

「영혼의 잡념은 타락을 일으키는 도화선이다.」 이 말을 엄마는 이미 다섯 번이나 했다. 엄마는 지금 침을 뱉고 있었다. 그가 이사해 들어온 뒤로 엄마는 매일 밤 큰 궤짝 뒤의 그림자 안에 앉아 종이 상자에 대고 계속 침을 뱉고 있었다. 지금까지 어디에도 가지 않았고 엄마를 찾아오는 사람도 없었다. 처음에 그는 이 사실에 몹시 놀랐었다. 나중에 엄마는 그에게 자신은 지금 영혼의 세정 작업을 하고 있는 중이라고 말했다. 이리하여 그날부터 그는 명인의 어록을 수집하는 일에 푹 빠지게 되었다. 두 달 동안 큰 노트로 두 권을 모았고 갈수록 더 힘을 냈다. 「명인들의 사상에는 무궁한 오묘함이 있지.」 다른 사람들과 이야기를 시작할 때 그는 이런 말로 화두를 열었다. 「생각만 해도 황공하여 몸 둘 바를 모르게 되고 오체투지를 하게 되지. 과거에 내가 삶의 의미와 목적을 찾지 못하고 있을 때, 내 마음속은 온통 칠흑 같은 어둠이었어. 어떻게 살아가야 할지 정말 알지 못했지. 지금은 모든 것이 다른 모습을 갖게 되었어. 생명의 의미가 펼쳐지고 있는 거지…….」 그는 원래 말이 없고 과묵한 사람이었으나 지금은 뜻밖에도 할망구처럼 변해 사람들을 만나면 마음속에 담고 있는 일들을 마구 떠들어 댔다. 「새로운 삶이 녀석을 분발하게 했지요.」 어느 날 그는 엄마가 담배 노점상 아주머니와 이야기하는 소리를 들었다. (그 아주머니는 비쩍 마른 대머리 엔지니어랑 동거하고 있었다. 그 아주머니는 그가 〈말할 수 없이 훌륭한 사람〉이라 〈말할 수 없이 높은 수준의 기개〉를 갖추고 있다고 말했다.) 「이는 아주 새로운 자태예요. 생각을 해보세요. 30년 넘게 살았는데 갑자기 모든 삶의 의미가 한꺼번에 눈앞에 쫙 펼쳐지는 거예요!」 매일 저녁 무렵이면 그는 엄마와 함께 손을 잡고 거리에 나가 무척이나 자신감 넘치는 표정으로 산책을 했다. 마음속에서 이전까지 체험해 보지 못한 신기함과 자부심이 용솟음쳐 올라왔다. 이런 감정이 가슴 가득 번져 올 때면 그는 길가의 바위를 걷어차지 못하는 것이 안타깝고 주먹으로 길가의 전봇대를 내려치지 못하는 것이 한스러웠다. 그러다가 껄껄대며 통쾌하게 웃어 댔다. 온몸이 떨릴 정도로 크게 웃어 댔다. 가끔씩 그는 자신도 모르게 닥나무 아래 있는 작은 집에서의 생활을 회상하곤 했다. 어슴푸레한 몽경 같았다. 누에콩을 씹던 그 불면의 밤들과 벗어날 수 없었던 두려움은 지금 떠올려도 여전히 얼굴이 창백해지고 땀이 비오듯 흘렀다. 「모든 것이 오이초절임에서 비롯된 거예요.」 그가 엄마에게 털어놓았다. 「비정상적인 취미는 항상 죄악의 욕망을 불러일으키는 것 같아요. 제 동료 한 사람의 아내는 매일 취두부臭豆腐[3] 말림을 먹어요. 그러다가 어느 해 겨울 취두부를 사지 못하자 너무 먹고 싶어 미쳐 버린 나머지 남편을 죽이고 말았지요. 정말 비통한 교훈이 아닐 수 없어요.」 「네 아내 같은 사람은 절대 존재하지 않아.」 엄마는 또박또박하게 잇새로 말을 내뱉었다. 그 이에는 벌레 먹은 구멍 두 개가 나 있었다. 「그녀는 결국 스스로 사라질 거야.」 하지만 그녀는 지금까지도 사라지지 않았고 음침하고 곰팡이 낀 작은 집에서 쥐처럼 생활하고 있었다. 조용히 오이초절임과 누에콩을 씹었고 자취가 점점 더 묘연해졌다. 그는 매주 그녀에게 누에콩을 보내면서 쥐에게 먹이를 주는 것 같은 부끄러운 마음이 들었다. 「헤어지고 나니 기분이 어때?」 어느 날 그녀가 누에콩 껍질을 뱉으면서 그가 마치 그녀의 이웃인 양 아

---

[3] 두부를 소금에 절여 발효시킨 뒤, 다시 독에 넣고 석회로 봉해 만든 음식으로 고약한 냄새가 나지만 감칠맛이 있다.

무렁지도 않게 물었다. 「몸과 마음 둘 다 많이 건강해진 것 같아.」 그가 혈색 좋은 얼굴로 대답하는 순간, 이유를 알 수 없는 죄책감이 올라와 무심결에 한마디 덧붙였다. 「당신도 옮겨 와서 살아도 돼.」 그녀가 그에게 기괴한 표정으로 웃어 보이며 말했다. 「지금 이 집 안의 모기는 그야말로 운동회를 하고 있는 것 같아요. 밤중에 무슨 소리 못 들었어요? 남풍이 불 때 그 소리가 당신 머리맡까지 전해질지도 몰라요.」 나중에 엄마는 그의 그런 죄책감을 〈더러운 생각이 남아 있는 것〉이라고 말했다. 그곳에서 옮겨 나온 지 한참이 되어서야 그는 사람들이 작은 집에서 귀신이 나온다고 하는 말을 어렴풋이 듣게 되었다. 그날 밤 그는 침대에서 계속 그 말을 되뇌다가 잠들지 못했고 며칠 동안 머리가 어질어질하고 식은땀이 흘러 민소매 옷을 적셨다. 그는 가끔 창가에 누워 뜬구름이 하늘에서 흘러가는 것을 보다가 갑자기 감동을 받고 심지어 눈물까지 쏟아 냈다. 「늙을 때까지 일하고 늙을 때까지 배워라.」 그는 웅얼웅얼 중얼거리다가 한순간 이 문구를 떠올려 자신의 감정을 표현할 수 있게 되었다는 사실에 속으로 무척이나 기뻐했다. 「번데기를 꼭 먹어 봐야 해.」 엄마가 작고 동그란 두 눈을 닭 눈처럼 뜨고 말했다. 「나랑 친한 사람이 먹어 봤는데 정말 기력을 보충해 주고 몸을 젊게 해 주는 효과가 있다고 하더구나.」

그저께 그는 학교에서 돌아오는 길에 장모가 교활하고 음흉하게 술집 문 뒤쪽에서 목을 내밀고 그가 지나가기를 기다리고 있는 모습을 보았다. 그는 몸을 돌려 빠른 걸음으로 걷다가 이내 뛰기 시작했다. 장모가 뒤에서 쫓아오면서 큰 소리로 말했다. 「이 사기꾼! 부도덕한 놈! 내가 널 감옥에 보내고 말겠다!」 길가의 깨진 돌을 주워 그에게 던지기까지 했다. 결혼하고 나서 장모는 한 번도 그들의 작은 집을 찾아온 적이 없었고 그를 사위로 인정한 적도 없었다. 그러더니 그가 집에서 이사해 나간 뒤로 갑자기 그들의 사생활에 엄청난 흥미를 느끼면서 하루 종일 그 작은 집 근처를 어슬렁거렸다. 때로는 길거리에서 그의 앞을 막아서고 주먹을 휘두르며 그의 비열한 행위를 학교 지도자들에게 상세히 보고하겠다고 위협하기도 했다. 그가 하루빨리 깨닫지 못하면 멸망을 자초하게 된다고도 했다. 그렇게 말하면서 흥분하여 발을 동동 구르는 장모의 모습과 얼굴에 드러난 침통한 표정을 그는 도무지 이해할 수가 없었다. 「엄마는 계속 이날을 기다려 왔을 거예요.」 그가 누에콩을 주러 갔을 때 쉬루화는 미소를 지으며 그에게 말했다. 「엄마 머리칼이 이미 희끗희끗해졌는데 발견하지 못했어요? 엄마는 이제 때가 되었다고 믿어서 튀어나온 거예요. 몇 년 동안 낮이고 밤이고 항상 사람들을 저주하고 있었거든요. 엄마는 집착이 심해서 항상 마음에 저주와 원한을 담고 있어요. 엄마가 이렇게 힘들게 사는 걸 보고 있으면 내가 대신 손에 땀을 쥐게 돼요. 엄마는 곧 끝나요. 어쩌면 죽을 때도 시끄럽게 소란을 피울지 모르지요. 최근에는 안색이 너무 안 좋아 보여요.」 언젠가 그는 엄마에게 이런 얘기를 한 적이 있었다. 「그 집 모기들은 정말 강도처럼 정면으로 달려들어 마구 물어 대요. 분무기랑 살충제는 다 어디 갔는지 모르겠어요. 그 여자는 마음속으로 무슨 생각을 하고 있는지 모르겠고요. 어떻게 이럴 수가 있는 걸까요. 모든 게 오이초절임 때문에 일어난 일이에요. 애당초 제가 맘대로 먹도록 내버려 둔 게 잘못인 것 같아요······.」 엄마가 잠시 코를 킁킁거리다가 입을 열었다. 「누군가 내게 그러더구나. 그 집에서 한밤중에 늑대 울음소리가 들린다고 말이야. 정말 음산하고 무서워 죽겠어.」 「맞다, 맞아.」 그가 명인의 어록을 만지작거리며 수심 가득한 얼굴로 말했다. 「처음에는 금붕어가 비참하게 죽더니 그다음에는 보온병이 없어졌어요. 그때 저는 왜 모든 일을 연결해서 생각해 보지 못했을까요? 그렇게 오래 봐왔는데, 사실 그녀는 이미 완전히 구제 불능이었던 것 같아요. 모든 게 사기극이었던 거예요. 제가 완전히 잘못 알았던 거지요. 그녀는 줄곧 저를 물어 죽이려고 했던 거예요······.」 「그런 여자는 결국 **스스로 사라지게 될 게다.**」 엄마가 한 자 한 자 또박또박 말했다. 「그녀는 원래 존재하지 않는 사람이었기 때문이지.」

 중매쟁이가 두 사람을 서로에게 소개할 때, 그녀는 거의 시집가기 어려운 노처녀였다. 짧은 머리칼은 봉두난발이었지만 한 번도 빗으로 빗은 적이 없었다. 그저 손가락으로 두 번 긁으면 그만이었다. 하지만 그녀는 조금도 고집스럽지 않았다. 심지어 어린아이처럼 아무런 주장도 하지 않았다. 바로 이 점이 그의 가슴을 두근거리게 했다. 그녀 앞에 서면 그는 자신이 사내대장부인 것처럼 느껴졌다. 그는 그녀를 닥나무 아래 있는 작은 집으로 데려갔다. 그의 머릿속에는 공허하면서 거창한 계획들이 가득 차 있었다. 집 앞에 포도나무 시렁을 세우고 집 뒤에는 꽃 울타리를 세우는 것도 포함되어 있었다. 이 모든 것이 실현되지는 않았다. 귀뚜라미의 침입이 그를 기진맥진하게 했기 때문이다. 세월이 흘러 그는 아내가 쥐였다는 사실을 알게 되자 놀라움을 금치 못했다. 그녀는 항상 조용했지만 또 항상 뭔가를 〈사각사각〉 깨물어 댔다. 집 안에 있는 모든 가구에 날카로운 이빨 자국이 남았다. 하루는 깊은 밤까지 잠을 자다가 갑자기 뒤통수가 뭔가에 찔리는 듯한 느낌이 들었다. 깜짝 놀란 그가 얼른 일어나 손으로 만져 보니 손에 핏자국이 찍혔다. 그는 미친 듯이 화를 내면서 그녀를 흔들어 깨우고는 고함을 질렀다. 「지금 뭐 하는 거야?」 「나 말이에요?」 그녀가 약간 부은 눈을 비볐다. 손에 눈곱이 가득 묻어났다. 「작은 쥐를 한 마리 잡았는데 자꾸 내 손에서 벗어나려고 발버둥 치는 바람에 마음이 급해져서 한 입 물어뜯었어요.」 「알고 보니 날 물어 죽이려 했던 거로군!」 「물어 죽인다고요? 내가 왜 당신을 물어 죽여요?」 그녀는 아무렇지도 않은 듯이 허공에 대고 뭐라고 중얼거리더니 하품을 한 번 하고는 다시 쓰러져 잤다. 그는 전등을 끄고 어둠 속에서 세심하게 귀를 기울였다. 코 고는 소리는 거짓이고 오히려 그녀가 온몸을 떨 정도로 긴장하고 있다는 것을 알게 되었다. 그날부터 그는 불면증에 시달리다가 신경과민이 되고 말았다. 그 뒤로도 그녀는 몇 번 더 그를 물었지만 그가 무척이나 경계하고 있던 터라 상처가 그다지 심각하진 않았다. 한번은 그녀가 그의 어깨를 물더니, 그가 잠에서 깼는데도 여전히 물고는 놓아주지 않았다. 그는 하는 수 없이 그녀의 뺨을 한 대 후려쳐 침대에서 바닥으로 떨어뜨렸다. 입을 벌렸더니 이 사이에 굳은 피가 남아 있었다. 알고 보니 그녀가 그의 어깨를 물고 죽도록 놓아주지 않은 것은 그의 피를 빨고 있었기 때문이었다. 그는 가끔씩 의지가 약해질 때면 혹시 그녀가 요괴가 아닌지 의심하기도 했다. 하지만 남들이 비웃을 것이 두려워 금세 이런 생각을 지워 버렸다. 그는 하는 수 없이 두피가 딱딱하게 곤두선 채 귀뚜라미를 잡으러 갔고 그녀는 로봇처럼 명령을 수행했다. 매일 세

차례 살충제를 뿌리고 막대기로 끊임없이 귀뚜라미 집을 부숴야 했다. 매일 아침 스트레칭(이는 그가 잘 아는 의사의 충고에 따른 것이었다)을 몇백 번 하고 누에콩 치료법도 실행해야 했다. 잠을 잘 때는 머리를 동쪽으로 두어야 했다. 이러한 방안들이 전혀 기대했던 효과를 발휘하지 못하자 그는 결국 그녀가 조금씩 시들어 가다가 마른 레몬으로 변하는 것을 보게 되었다. 치아가 서서히 흔들려 더 이상 어떤 것도 물어뜯지 못하는 그녀가 오이초절임만 먹게 되면서 오이를 몇 항아리나 담가야 했다. 때로는 밤중에 잠을 자다가 일어나 오이초절임을 먹기도 했다. 하루 종일 쉬지 않고 먹는 날도 있었다. 그가 집에 있을 때 치아 사이에서 나는 우적우적 소리를 들으면 눈을 감고도 그녀가 뭘 하고 있는지 알 수 있었다. 그녀는 최대한 소리가 안 나게 살살 씹었지만 그 소리는 여전히 그를 천둥처럼 날뛰게 하기에 충분했다. 한번은 몹시 짜증이 난 그가 항아리 다섯 개를 박살 내는 바람에 집 안에 온통 오이초절임 냄새가 코를 찔렀다. 그는 밤새 잠들지 못하고 극도의 고통을 맛봐야 했다. 그런 그의 모습을 바라보면서 그녀는 뭔가를 생각하는 것 같기도 하고 몹시 괴로워하는 것 같기도 했다. 나중에 어느 날엔가 그는 침대 밑에 또 새 항아리 다섯 개가 은밀히 놓여 있는 것을 발견했다. 그가 떠나기 며칠 전 그녀는 그에게 집 안의 모든 창문마다 쇠막대를 박아 달라고 부탁했다. 그러면서 도둑들이 집 근처에 어슬렁거리고 있는 것으로 보아 언제라도 문을 부수고 들어올 것 같다고 말했다. 그는 못질을 하면서 속으로 그녀가 미쳐서 자신이 깊이 잠들었을 때 그를 도둑에게 넘기려는 것이 아닌가 생각했다. 그런 게 아니라면 그런 말을 하는 그녀의 눈에서 왜 노기가 뿜어져 나온단 말인가? 그 며칠 동안 그는 잠을 자면서 계속 한쪽 눈을 뜬 채로 한쪽 눈만 감았다. 엄마가 데리러 왔을 때는 이미 정신 착란을 일으키고 있었다.

「애!」 엄마가 종이 상자를 들고 커다란 옷장 뒤의 그림자 속에서 걸어 나와서는 구토를 하면서 말했다. 「내 영혼의 세척 작업이 끝났다. 내가 기이한 일을 한 가지 얘기해 주마. 담배 노점상 아주머니(엄마는 지금까지 그 아주머니의 이름을 말한 적이 없었는데, 아마도 몰라서 그런 것 같았다)가 해준 얘기야. 그 아주머니 말로는 밤 12시만 넘으면 구두장이 왕 씨 집에서 계화 향기가 퍼져 나오면서 온 거리가 향기로 가득 찬다는 거야. 어젯밤 12시였어. 내가 애써 냄새를 맡아 봤더니 정말로 향기가 나더구나. 오늘 정오에도 계속 이 일을 생각하다 보니 마음이 불안하고 초조해져서 낮잠도 자지 못했지. 오늘 밤에는 반드시 조사해서 진상을 확실히 밝혀내야겠어. 뭔가 음모가 숨어 있을지도 몰라. 오늘 저녁을 먹고 나면 문을 잠그지 말도록 해라. 내가 그 사람 집 문밖에서 12시까지 기다렸다가 필요하면 그 사람 귀까지 조사해 봐야겠어. 도대체 향기가 어디서 풍겨 나오는지 알아내고 말 거야. 신문에서 말하는 그런 초능력이 있는 건 아니겠지? 만약 그렇다면 차라리 마음을 놓을 수 있겠지.」

「엄마, 쉬루화가 최근에 무엇으로 변했는지 알아봤어요?」

「그 **여자** 말이냐?」 엄마는 작은 눈을 크게 뜨고서 그에게 가까이 다가가 머리부터 발끝까지 세밀하게 뜯어보았다.

「아직 알아채지 못하셨군요? 그 여자는 일찌감치 쥐가 됐잖아요. 사람이 계속 무언가를 따라 하면 그 무언가로 변하게 되나 봐요. 전부터 늘 쥐를 따라 하면서 집에서 이것저것 마구 물어 대더니 과연 쥐가 되었어요. **이빨이 흔들리는** 쥐가 되었지요. 가끔씩 한 가지 생각이 들곤 해요. 누에콩에 비상砒霜을 조금 섞어 보내면 소리 없이 쥐 한 마리를 죽일 수 있지 않을까 하는 생각이죠. 좀 비열한가요?」 그는 잠시 주저하다가 부끄러운 듯이 덧붙였다. 「이혼할 수 있으면 좋겠어요. 사실 저 좋아하는 여자들이 많거든요······.」

「너 그렇게 비열한 생각은 해본 적이 없었잖아. 정말로 그렇게 할 것도 아니고 말이야. 어떻게 그런 생각을 할 수 있는 거냐? 넌 지금까지 자발적으로 뭔가 하는 법도 배우지 못했잖아. 그 여자는 이미 너무 오래 견디다 못해 조만간 이 세상에서 흔적도 없이 사라질지 몰라. 너는 항상 마음이 약해져서 자신감을 잃곤 했지. 네가 매 순간 일거수일투족에 유념한다면 잊지 말고 자기 전에 소염 진통제를 꼭 먹고, 매일 영혼을 깨끗이 세척하는 작업을 하도록 해. 그러면 서서히 강해질 거다. 다시는 그런 멍청한 일은 언급하지 말도록 해라. 우리를 사람들의 웃음거리로 만들려는 게 아니라면 말이다. 너는 어려서부터 아주 허약하고 동작도 느리고 둔했어. 게다가 공허하고 쓸데없는 생각에 빠지는 걸 좋아했지. 정이 많은 척하지만 그 이유를 잊기 십상이었어. **너 같은 사람은 애당초 결혼하지 못해.** 왜 처음부터 이런 점들을 의식하지 못한 게냐? 다행히 나는……」 그녀가 갑자기 말을 멈추고 정색을 하고는 아무 소리도 내지 않는다. 아마도 그 순간 그녀는 아들의 우둔함에 극도의 증오를 느꼈을 것이다. 그녀는 위협적으로 크게 헛기침을 하고는 종이 상자에 잔뜩 구토를 했다. 그러고는 눈을 까뒤집고 그를 쳐다보았다.

「엄마 말이 맞아요. 저는 완전히 미친놈이에요.」 그는 엄마의 눈빛 아래서 서글프게 몸을 움츠려 커다란 고깃덩어리가 되었다. 그러고는 미세하게 몸을 떨었다.

「그럼 됐다.」 엄마가 느긋한 어투로 말했다. 두 눈이 불

투명 유리처럼 흐려지면서 빛을 잃었다.

그는 엄마가 화내는 것이 몹시 두려웠다. 엄마가 화를 냈다 하면 몸 둘 바를 몰라 했고 더 이상 살고 싶지 않을 정도로 괴로웠다. 그날 밤, 그는 악몽을 꾸었다. 꿈속에서 어떤 사람이 그가 자고 있는 침대를 몸 아래로 빼내 가져가 버렸다. 그는 허공에 매달려 바닥으로 떨어지지도 않았다.

「넌 뭘 그렇게 죽일 듯이 내려치는 게냐?」 엄마가 옆방에서 물었다.

「침대 밑에 들고양이가 한 마리 쪼그리고 앉아 있어요. 계속 침대 위로 올라오려고 해서 못 올라오게 혼내 주고 있는 거예요.」

「마음속으로 어록 몇 구절을 외우도록 해라.」

달빛이 땅에 깔린 긴 수의 같았다.

「들고양이 본 적 있어?」 그는 물으면서 있는 힘껏 흉악한 표정을 지었다. 「들고양이들이 아주 대단하다는 걸 알아야 해. 우리가 잠들면 갑자기 얼굴 위로 달려든단 말이야.」

그녀가 갑자기 표정을 바꾸더니 천장에 대고 재빨리 말했다. 「당신 뭘 찾는 거예요? 당신 분무기랑 살충제는 내가 쓰레기 더미에 갖다 버렸어요. 당신이 없으니까 그 물건들이 그 자리에 있는 게 너무 눈에 거슬리더라고요. 그래서 버렸더니 아주 깔끔하네요. 나는 오히려 모기들 속에서 사는 게 더 익숙해요. 모기들은 내 주위에서 윙윙거리는 걸 좋아하지만 절대 물지는 않아요. 귀뚜라미 소리를 들으면 너무 친근하게 느껴져요. 당신이 나간 뒤로 귀뚜라미 울음소리가 더 자신감이 넘치고 힘이 있어요. 지금 나는 잠을 아주 편안하게 자요. 모기나 귀뚜라미의 정신이 쇠약해질까 봐 밤낮으로 걱정할 필요도 없어요.」

「벽에 어째서 나방이 이렇게 많이 붙어 있는 거야?」

「알을 낳으러 날아 들어온 거잖아요. 너무 불쌍해요. 안 그래요?」

「내가 누에콩을 가져 왔으니까 잘 씹어 먹도록 해. 누군가 이 집에 귀신이 나타나 소란을 피운다고 하더군!」

「소란을 피우는 귀신은 아마 날 말하는 걸 거예요. 내가 항상 한밤중에 일어나 담요를 획획 소리가 나도록 휘둘러대니까요. 당신이 이사해 나가지 않았다면 놀라서 죽었을지도 몰라요. 당신은 성격이 너무 연약하잖아요.」

「어쩌면 그럴지도 모르지.」 그는 서글픈 듯 한숨을 내쉬었다. 「당신이 줄곧 날 물어 죽이려고 했잖아.」

「…….」

「당신은 일찌감치 미쳐 있었던 거야. 내가 왜 그걸 알아차리지 못했지?」

「……」

「당신 엄마에게 정신병이 있었잖아. 당신에게 유전된 거야. 나는 예전에 포도 농사를 지으려고 했지. 그런데 그 귀뚜라미가 하마터면 나를 죽일 뻔했어. 지나간 일을 회상할 때마다 식은땀이 나고 몽유 증세가 나타나지. 우리 엄마는 항상 내가 피해망상증을 앓고 있다고 하더군.」

「……」

「누에콩 잘 씹어 먹도록 해.」

「다음에는 직접 가져오지 말아요. 옆집 큰 나무에 거울이 하나 걸려 있잖아요. 올 때 못 봤어요? 그들이 거울을 통해 당신의 행적을 관찰하고 있어요. 도대체 무슨 속셈을 품고 있는 건지 정말 모르겠어요. 너무 무서워요. 안 그래요? 그들이 살인을 계획하고 있는지도 모르잖아요?」

4

그녀가 눈을 감고 소금물로 삶은 콩을 먹고 있을 때 천장의 석회가 또 큰 조각으로 벗겨져 떨어졌다. 이번에는 안쪽의 오리목이 다 드러났다. 지난 8년 동안 그녀는 이 집에서 간신히 목숨을 부지해 왔는데 신기하게도 줄곧 죽지는 않았다. 병을 앓고 난 뒤에도 항상 비쩍 마른 다리로 휘청거리며 무거운 몸을 지탱하고 일어나 다시 집 안의 벽에 몸을 기대며 이리저리 움직였다. 몸이 조금 회복되면 곧바로 뜰에 나가 바구니로 참새를 잡아 하루 종일 돌보았다. 뜰 벽면에는 참새의 사체 수십 구가 못으로 박혀 있었다. 하나같이 눈알에 못이 박혀 있어 사람들이 보면 아연실색하며 온몸에 닭살이 돋기 십상이었다. 얼마 전에 그녀는 갑자기 식욕이 왕성해져 하루가 다르게 건장해지기 시작했다. 누군가 그녀에게 그쪽 작은 집에서 일어난 일을 말해 주었다. 소식을 들은 그녀는 곧바로 혈기가 왕성해지고 싸우고 싶은 욕망이 솟구쳐 감시 활동을 시작했다.「알고 보니 그랬었군!」그녀가 기름에 튀긴 떡을 파는 노파에게 큰 소리로 말했다.「한번 생각해 보세요. 8년이나 고통 속에서 살았어요! 처참한 노년이었다고요! 매일 밤 빈대에게 물어뜯겼어요! 당신들 중에 이런 고통을 겪어 본 사람 있어요? 이제 그가 마침내 이 독사를 알아보았어요! 한번은 거리에서 그를 보았지요. 그 어린 녀석은 한쪽 얼굴에 기괴하게 경련이 일어나고 있었고 목에는 상처가 가득했으며 온몸에서 액취가 풍기고 있었어요. 불쌍한 녀석! 그가 어떻게 그 여자의 손아귀에 들어간 걸까요? 파리 한 마리가 독거미가 쳐놓은 거미줄에 걸린 것과 마찬가지예요. 그녀가 그의 피를 다 빨아 먹어 버릴 거예요! 이 일은 죽을 때까지 수수께끼지요. 어쩌면 그가 백치인지도 몰라요. 내가 보기에 그는 걸음을 걷는 자세가 아주 특이한 것 같아요. 이웃들 말로는 그가 침실 안에 포도 시렁을 세워 놓았대요. 맙소사!」아주 어렸을 때, 그녀도 엄마에게 기대를 품은 적이 있었지만 엄마는 선천적으로 비천한 성격과 왜곡된 태도를 지니고 태어난 여자였다. 「루화야, 너 또 국물을 블라우스 앞섶에 흘렸구나! 정말 지긋지긋해! 걸을 때 발 구르는 소리도 그토록 시끄럽고 말이야. 신발에 징을 박아 놓은 게 아닌지 의심스럽구나!」당시 엄마는 항상 짜증을 내고 소리를 질러 댔다. 그녀는 그런 짜증과 고함을 분명히 듣고도 아무런 반응을 보이지 않았다. 여전히 고개를 숙이고 허리를 구부린 채 담장 밑을 따라가며 개미집을 찾았다. 그녀는 음식을 먹을 때 가리는 것이 전혀 없었고 요란하게 소리가 나도록 쩝쩝 씹어 댔다. 완전히 정신이 나가 버린 그녀 아버지와 똑같이 닮은 모습이었다. 한번은 엄마가 몽둥이로 그녀를 때리자 그녀가 갑자기 뛰어올라 엄마를 물었다. 새가 쪼는 것처럼 가볍게 살짝 물었지만 공교롭게도 급소를 무는 바람에 상처의 부기가 한 달 동안이나 지속되었다. 나중에 엄마는 그녀의 치아를 자세히 살펴보고는 치아가 기괴하게 생긴 것을 알게 되었다. 지나치게 작고 너무 날카로운 것이 정말로 사람의 치아 같지 않았다. 그녀가 잠들어 있을 때 엄마는 쇠망치로 그녀의 치아를 깨뜨려 뽑아 버리고 싶은 충동을 몇 번이나 느꼈다. 한번은 엄마가 쇠망치를 들고 있을 때, 뜻밖에도 그녀는 눈을 뜨고 조롱하듯이 웃으면서 엄마를 바라보고 있었다. 그녀는 항상 자는 척하면서 속으로는 몰래 엄마를 비웃고 있었던 것이다. 그녀는 남편이 거리에서 담배를 파는 아주머니와 동거를 시작한 이후로 줄곧 못 본 척하면서 혹시라도 딸이 알게 될까 두려워했다. 어느 날 그녀는 그 집 앞을 지나가다가 안에서 나는 즐거움에 겨운 웃음소리를 들었다. 무척이나 요란하고 시끌벅적한 소리였다. 틈새로 안을 들여다보니 세 사람이 **차를 마시고** 있었다. 그런데 집에서 가족들은 한 번도 함께 차를 마신 적이 없었다. 탁자 위에는 몇 가지 주전부리도 놓여 있었고 큰 거울이 빛을 반사하여 보는 사람을 놀라게 했다. 영감은 너무 웃었는지 입가에 침이 흘러나왔고 삼 줄기처럼 가는 두 다리가 탁자 밑으로 아주머니의 털 많고 굵은 까만 허벅지를 문지르고 있었다. 딸도 바보처럼 웃으면서 그럴듯하게 배를 가리고 있었다. 그 아주머니는 이미 고목처럼 늙어 피부가 쭈글쭈글했고 하루 종일 줄담배를 피워 입안은 시커먼 치아가 가득했다. 정신이 나간 미친놈이 아니고서야 이런 물건을 맘에 들어 할 리가 없었다. 그녀의 남편이 바로 그 미친놈이었고 지금은 그런 정신병을 딸에게도 물려준 터였다. 「정말 한 쌍의 살아 있는 보물이로군.」 그녀가 잇새로 이렇게 내뱉었다. 목구멍으로는 구더기를 삼키는 느낌이었다. 성년이 되었을 때, 그녀는 이 엄마라는 사람을 생사의 적으로 여기면서 줄곧 제멋대로 행동했고, 온갖 방법을 다 써서 엄마의 정신을 자극하려 했다. 겉으로는 무감각한 척하면서 마음속의 쾌감을 감췄다. 그녀가 폐렴을 앓았을 때 이제 끝장이라고 생각하여 보복할 수 있는 절호의 시기가 왔다고 여겼지만 뜻밖에도 결국 또 한 번의 헛된 기쁨일 뿐이었다. 「엄마……」 그녀는 일부러 응석을 부리며 말을 많이 했다. 「뭐 하러 날 보러 왔어요? 많이 나아졌어요. 죽으려면 아직 멀었다고요. 걱정하지 말아요. 생각해 보세요. 나 같은 사람이 어떻게 그렇게 쉽게 죽을 수 있겠어요?」 얼마 전 그녀는 문득 한 가지 계략이 떠올랐다. 그 남자와 동맹을 맺어 함께 자기 딸에게 맞서는 것이었다. 엄마는 머릿속에 환상이 가득한 채로 변소 담장 아래서 한참을 기다렸다가 그가 오는 것을 보았다. 여전히 그렇게 백치 같은 모습이었다. 그녀는 그에게 달려들어 소매를 잡아당기면서 무슨 〈동병상련〉이니, 〈의지할 곳 없는 외로움〉이니, 〈스스로를 지키기 위한 효과적인 조치〉니 하며 한참이나 주절주절 얘기를 늘어놓았다. 「나는 줄곧 너를 내 친아들로 생각해 왔어. 꿈속에서도 네 생명과 안위를 걱정했다고.」 그녀가 아첨하듯이 말했다. 그는 느릿느릿 둔한 눈동자를 굴려 보았지만 아무리 해도 그녀의 말뜻을 제대로 알아들을 수 없었다. 〈정말 백치였구나.〉 엄마는 속으로 이렇게 생각했다. 마침내 갑자기 중대한 결심을 내리기라도 한 것처럼 얼굴빛이 바뀌더니 그가 그녀에게서 벗어나려고 발버둥 치면서 거친 어투로 물었다. 「이봐요, 댁은 누구세요? 어째서 댁을 한 번도 본 적이 없는 거죠? 내 재물을 훔치고 목숨까지 빼앗으러 온 건가요? 잘못 생각하지 마세요! 우리 엄마가 얼마나 무서운 사람인지 알아요? 엄마를 불러 댁을 제대로 손봐 주라고 할 거예요!」 「당신 내 사위잖아.」 「나를 속이려고 하지 말아요. 내가 어떻게 댁의 사위라는 거예요. 길거리에서 내 앞을 막아서고 나쁜 마음을 품은 눈빛으로 나를 주시하고 있었잖아요. 그건 어째서죠? 또다시 나를 속이려 한다면 우리 엄마한테 다 말해서 댁에게 참맛을 보여 주라고 할 테니까 그런 줄 알아요!」 그는 이렇게 말하면서 도망쳤다. 쫓아가도 도저히 잡을 수 없었다.

그의 다리는 정말 삼 줄기처럼 가늘었다. 여러 해 전에는 그 역시도 얼굴에 혈색이 가득하고 키도 크며 건장한 사나이였다. 어느 날 그가 꿈을 꾸고 있었다. 꿈속에서 창가에 칸나꽃이 미친 듯이 만발해 있었다. 해는 또 높고 멀기만 했다. 갑자기 그는 뭔가에 찔린 것처럼 아파서 깼다. 아내가 고양이가 고기를 먹듯 다양한 자세를 취하면서 그의 다리를 빨아 먹고 있었다. 혀에는 촘촘하게 가시가 나 있었다. 방금 꿈속에서 뭔가에 찔린 듯이 아팠던 것도 바로 그 가시들 때문이었다. 그는 다리를 움츠리고 싶었지만 그녀가 전에 없던 뚝심으로 꽉 붙잡고 있어 어찌 할 방법이 없었다. 그녀는 힘껏 그의 다리를 물고 있었다. 종아리의 큰 근육을 전부 뱃속으로 삼켜 버리려는 것 같았다. 그는 눈을 꼭 감고 구역질이 나는 걸 애써 참으면서 그대로 내버려두는 수밖에 없었다. 뜻밖에도 이런 장난은 계속되었을 뿐만 아니라 갈수록 더 심해졌다. 매일 아침 자고 일어나면 그의 몸에는 여기저기 푸른빛과 자줏빛의 멍자국이 수두룩했고 때로는 아주 높게 부어올라 있었다. 그의 몸은 갈수록 가늘어져 갔다. 근육도 날마다 녹아내려 림프선들이 비둘기 알처럼 튀어나왔다. 그는 항상 잠든 사이에 자신의 근육을 그녀가 다 빨아 먹은 것은 아닌지 의심했다. 그녀가 갈수록 살이 찌고 있었기 때문이다. 「너 왜 자꾸 내 살을 먹는 거야?」 그가 물었다. 「쳇!」 그녀가 소리를 지르기 시작했다. 「이 비열한 놈! 거짓말쟁이! 맙소사……」 그녀는 머리를 잘 감지 않아서 가까이 다가오면 시큼한 악취가 그의 콧구멍으로 맹렬하게 파고들었다. 그러던 어느 날 그녀가 대야를 가져다 머리를 감았다. 커다란 땟덩이가 모근을 따라 머리에서 대야 안으로 떨어져 나왔다. 그러는 바람에 머리칼이 전부 빠져 버렸다. 그녀가 그에게 머리에 물을 뿌려 달라고 하자 그의 손이 심하게 떨려 바가지가 땅바닥에 떨어지고 말았다. 그녀가 벌떡 일어나 온갖 더러운 욕설을 입에서 쏟아 내고는 머리칼이 다 빠져 빨간 대머리가 되어서는 손으로 허리를 짚은 채 그를 쫓아가 차가운 물 한 통을 그의 정수리에 부어 버렸다. 그는 일주일이나 침대에 누워 있어야 했다. 고열에 시달리던 그는 계속 머리를 문지르면서 누군가 자신의 두피를 벗기려 한다고 소리를 질렀다. 두피가 벗겨지면 곧바로 안에 있는 뇌수가 흘러나올 것이라고 했다. 병이 낫자 그는 담배 노점상 아주머니가 있는 곳으로 달려갔다. 아주머니는 온몸에서 해바라기 향을 내뿜고 있었다. 침실이 아주 넓고 어두워서 그는 큰 안도감을 느꼈다. 그녀는 처음에는 밤에도 찾아와 창문 틈새로 안을 엿보면서 쿵쿵 소리가 나도록 문을 두드렸다.

「엄마 머리가 좀 자라났니?」 루화가 어렸을 때 그는 늘 아이에게 이런 질문을 했다.

「안 자랐어요. 엄마가 두건 두르고 있는 거 못 봤어요? 엄마는 매일 밤마다 두피 안마를 해요. 감기에 걸릴까 봐 엄청 걱정해요. 돌아가실지도 모르겠어요.」 그녀는 아주 순진하게 분석하고 있었다.

「불쌍한 사람.」 그는 잠시 생각에 잠겼다가 이내 또 겁에 질린 듯 한마디 덧붙였다. 「나한테 보복하려고 벼르고 있는 건 아닐까?」

「어제 내가 엄마를 아주 살짝 깨물었어요.」

그는 놀라서 〈아!〉 하고 소리를 지르더니 몽유병에 걸린 것처럼 손을 뻗어 그녀의 머리칼을 쓰다듬었다. 「머리칼이 아주 튼튼하게 자라고 있네.」 그가 말했다. 「머리를 자주 감아야 해. 잘 때 천장이 갈라지는 것 본 적 있어?」

「천장요?」

「그래. 천장 말이야. 그 집은 아주 크고 낡아서 벽에서 항상 누군가 치고받고 싸우는 소리가 들려. 자다 보면 뜻하지 않게 천장 윗부분이 갈라지면서 뱀 대가리처럼 아주 가늘고 작은 사람 머리들이 엄청 쏟아져 나오지⋯⋯. 물론, 거짓말이야. 겁먹은 거 아니지? 난 이렇게 무섭고 으스스한 이야기를 좋아한단다.」

최근에 한번은 그와 루화가 거리에서 정면으로 마주친 적이 있었다. 뜻밖에도 그는 그녀를 알아보지 못하고 곧장 그녀 옆으로 지나쳐 갔다. 나중에 동료가 그에게 이런 사실을 말해 주었지만 그는 여전히 무슨 말인지 모르겠다는 듯이 어리둥절한 표정을 지었다. 루화는 결국 결혼을 하게 되었다. 그는 딸이 틀림없이 정신 착란을 겪고 있거나 아니면 나쁜 사람들이 재물로 유혹해서 넘어간 것이라고 생각했다. 이 아이는 어려서부터 자발적으로 타락하는 태도를 보이면서 그 자신처럼 아무 일도 하지 않고 게으른 세월을 보냈다. 사위가 건달에 백치이다 보니 연애하는 첫날부터 그에게로 달려와 사기를 치면서 기상천외한 방법으로 돈을 쓰게 했다.

「알고 보니 너는 한 마리 거북이구나.」 그가 사위에게 한 자 한 자 또박또박 위엄 있게 말했다.

「뭐라고요? 지금 뭐라고 하셨죠?」 멍청한 사위 녀석은 여전히 뒤통수만 어루만지고 있었다.

「네가 거북이라고 했다! 내 딸은 이 세상 모든 남자랑 했어! 알아들었어?」 그는 좀 더 위엄 있는 태도로 그를 압박했다. 「그러니까 어서 꺼져!」

사위는 놀라서 지릴 뻔했다. 무슨 일이 일어났는지 전혀 파악하지 못하고 있었다. 하지만 여전히 수상하게 눈알을 굴리면서 그가 돈을 내지 않으면 혼약을 파기하겠다고 위협했다. 사위가 떠나자 그는 큰 소리로 죽어라고 웃어 대기 시작했다. 너무 심하게 웃다가 침대 위에서 세 번이나 굴렀다.

나중에도 그는 사위와 자주 얼굴을 마주쳤다. 사위는 올 때마다 돈을 요구했지만 매번 그에게 조롱만 당하고 빈손으로 돌아갔다. 하지만 이 녀석은 머리에 문제가 있었다. 항상 희망을 품고 비현실적인 생각을 했다. 태도 또한 항상 그렇게 불가사의할 정도로 떳떳하고 당당했다.

「돈을 주셔야 하잖아요.」 녀석이 또 똑같은 태도를 보였다.

「절대로 줄 수 없네.」 그는 재미있다는 듯이 한쪽 눈으로 사위를 곁눈질로 보았다.

「건달같이 굴지 마세요.」

「뭐라고? 자네는 건달한테 돈을 달라고 하나? 응?」

「당신은 그 여자 아버지잖아요. 돈을 주셔야지요.」

「나는 건달이야. 절대 돈을 줄 수 없네!」

「그럼 당장 죽으라고 저주할 거예요!」

매번 녀석은 미친 듯이 화를 냈다. 보아하니 조증 환자인 것 같았다.

사위가 집에서 나가자 그는 곧바로 딸에게 달려가 말했다.

「너는 그 녀석이 너랑 결혼하는 목적이 뭐인 것 같냐?」

「몰라요.」 딸은 경계하듯 아버지를 쳐다보았다. 「그 사람 말로는 문 앞에 포도나무 시렁을 세우려고 그런 거라고 하던데 아마 거짓말인 것 같아요.」

「쳇! 녀석이 너랑 결혼한 건 나를 모해하기 위해서야! 그 녀석이 처음부터 마음에 두고 있던 것은 네가 아니라 바로 이 늙은이란 말이야. 절대 네가 아니라고! 녀석은 줄곧 내가 엄청난 재산을 숨기고 있다고 오해해 왔어. 밤에 내가 잠을 잘 때에도 여전히 우리 집 주변을 어슬렁거리면서 초조하게 발을 구르고 있지. 나는 녀석이 너에게 소변을 보러 간다고 속이고 내 집에 온다는 걸 잘 알고 있어.

년 어쩌다 그렇게 자신감에 넘쳐 결국 그 친구랑 결혼을 해버린 게냐. 녀석은 8년을 기다렸어. 하지만 내내 손을 쓸 기회를 잡지 못하고 있었지. 그러다가 이제는 더 기다리지 못하고 가버린 거야.」

「어쩌면 아빠가 잘못 알고 있는 건지도 모르잖아요?」 딸이 비웃으며 그를 쳐다보았다. 「저는 오히려 남편이 마음에 둔 게 아빠의 재산이 아니었다고 생각해요. 남편이 마음에 둔 것은 지금 아빠 마누라예요. 아빠 마누라가 남편에게 추파를 던지는 모습을 제가 여러 번 봤거든요. 이건 생각지도 못했죠?」

「헛소리하지 마!」 그는 자신이 속았다는 생각에 금세 얼굴이 새빨개졌다. 「너는 정말 멋대로 판단하고 말하는구나. 나는 방금 길을 걸으면서 네 엄마의 일을 생각하고 있었어. 들리는 말에 따르면 네 엄마가 벽에 구멍을 하나 파놓고 매일 죽어라고 참새들을 그 안에 쑤셔 넣는다고 하더구나! 내가 그 옆을 지나갈 때마다 뜰에서 뭔가가 매일 그렇게 짹짹 울어 대는 소리가 들리더라고. 네 엄마는 정말 악랄한 여자야.」 그는 전처에 대해 안 좋은 얘기를 늘어놓는 것을 아주 좋아했다. 그렇게 하면 기분이 상쾌해지기 때문이었다.

「예전에 아빠는 항상 아빠가 엄마의 계략에 걸린 거라고 말했잖아요. 사람들이 그걸 어떻게 믿겠어요? 너무 이상해요. 어떤 사람이 엄마가 개인적으로 모은 재산을 아빠가 빼앗으려 한다고 하더라고요. 참 듣기 안 좋은 얘기예요. 안 그래요? 저는 그런 중상모략을 절대로 믿지 않아요. 아빠가 어떻게 엄마랑 결혼하게 되었는지는 아주 미묘한 문제예요.」딸이 완전히 남이 된 듯한 태도를 보이자 그는 벌레가 잇몸을 물어뜯고 있는 것 같은 느낌이 들었다.

그는 몹시 괴로웠다. 원래는 사위에 관한 일을 얘기하려고 했던 것인데 딸을 자극하여 도취시키는 바람에 뜻하지 않게 딸에게 반박을 당하고 화제를 바꾸고 말았기 때문이다. 최근에 딸은 뱀처럼 민첩하고 교활해져서 그처럼 머리가 둔한 늙은이는 아예 맞설 생각을 하지 말아야 했다.

「녀석이 항상 우리 집을 찾아와 이리저리 살피고 엿본단 말이야. 돈을 어디에 숨겼는지 알아내려는 거라고.」그는 여전히 기분이 좋지 않았다.

「저는 꿈에서 아빠가 참새로 변해 짹짹거리면서 계속 뛰어오르려고 발버둥 치는 모습을 보았어요. 남편이 왜 항상 포도 시렁 이야기를 하겠어요? 그건 새빨간 거짓말이에요. 아빠도 저한테 새빨간 거짓말을 하고 있잖아요. 아빠와 남편은 틀림없이 마음이 잘 맞을 거예요.」

집 안은 무척 어두웠다. 뭔가가 벽과 대들보 사이를 이리저리 뛰어다니면서 큰 소리를 냈다. 벽에 달라붙어 있던 큰 나방 대여섯 마리가 갑자기 한꺼번에 쉬익 하고 날아올라 두 사람의 머리 위로 원을 그리며 독이 든 가루를 뿌렸다. 그는 눈이 흐리멍덩해지고 다리가 떨렸다. 딸은 상의를 다 벗은 채로 낡은 담요를 몸에 두르고 집 안을 큰 걸음으로 왔다 갔다 했다. 담요가 펄럭거렸고, 딸은 무척이나 무서워 보였다.

그는 갑자기 자기주장을 잃어버리고는 우물쭈물 말했다.「난 이만 갈게……」그러고는 문을 열고 후다닥 뛰어나와 달리기 시작하더니 모퉁이를 돌아 담장 뒤쪽에 이르러서야 멈춰 섰다. 고개를 돌려 보니 딸의 방문은 이미 굳게 닫혀 있었다. 검은 그림자 하나가 작은 집 뒤쪽에서 재빨리 튀어나와 큰 나무 뒤로 숨었다. 그는 그 그림자가 자신의 전처라는 것을 모르지 않았다. 커튼이 잠시 흔들리더니 더 이상 아무런 기척도 없었다.

그녀는 누군가 지붕 위에서 기와를 밀어 대는 소리를 들었다. 서걱서걱 하는 소리가 무척이나 음산하고 무서웠다. 그녀가 커튼을 들추고 올려다보니 작고 뚱뚱한 엄마의 모습이 보였다. 엄마가 까치발을 하고서 대나무 장대로 기와를 밀어 대고 있었다.「자신을 좀 드러내고 싶은가 보구나? 흥…… 대답을 명확하게 해야 해. 알겠니?」

엄마가 목소리를 낮춰 말했다. 숨 쉬기가 어려운 것 같았다. 그녀는 집 안을 천천히 왔다 갔다 하면서 철제 울타리가 단단한지 살펴보았다. 서걱서걱 소리가 갈수록 크고 거칠어졌다. 엄마의 움직임이 갈수록 난폭해지더니 천장에서 기왓장 몇 개가 떨어져 산산조각이 났다. 최근에 엄마는 굉장히 난폭해졌다. 어젯밤에는 지붕에 구멍을 내놓기도 했다. 엄마는 기와를 전부 걷어 내 그녀를 얼어 죽게 함으로써 마음에 맺힌 한을 풀겠다고 공언한 바 있었다. 송충이와 썩어 문드러진 물고기나 새우를 잡아다 벽 틈새를 통해 집 안에 집어넣기도 했다. 아버지는 오자마자 의미심장하게 지붕을 훑어보고는 악의적으로 말했다. 「바람이 불어서 저 큰 나무가 집을 무너뜨리지는 않겠지? 어제 네 그 건달 놈이 또 날 찾아와서는 네가 빨리 죽기를 간절히 바란다고 말하더구나. 그러면서 네가 죽으면 자신이 큰돈을 벌게 될지도 모른다고 하더라고. 녀석은 걸핏하면 나를 찾아와 마음에 담고 있는 얘기를 하는데 처음부터 그랬지. 너는 항상 내 말을 믿지 않고 내가 널 속이는 거라고 생각하지. 그러면서 자신이 아주 대단하다고 생각하고 있어. 심지어 녀석은 나랑 친구가 되자고 하더구나. 물론 함께 돈을 벌고 나랑 힘을 합쳐 너에게 대항하기 위해서. 나는 생각 끝에 녀석의 요구를 들어주기로 마음먹었어. 하지만 내게서 뭔가 얻어 가려 했다면 녀석은 그 생각을 접어야 해. 도저히 나의 적수가 되지 못하거든. 너의 그 건달 녀석도 너와 마찬가지로 안하무인이고 오만하기 그지없지. 하지만 녀석은 너무나 멍청해. 거의 백치에 가깝지. 항상 내 앞에서 너를 헐뜯더라고…….」 그는 한번 수다를 떨기 시작하면 끝낼 줄을 몰랐다. 얘기를 하면서 앉았다 일어서고 일어섰다가 다시 앉기를 반복했다. 또 잠시 엉덩이를 긁었다가 민소매 옷 위로 피부를 긁어 대곤 했다. 셀 수 없이 많은 벼룩이 그를 마구 물어뜯고 있는 것 같았다. 그녀가 아버지의 말을 끊고 아버지를 자극하며 말했다.

「아빠는 가서 그 거리에서 쥐약 파는 여자나 만나 보세요.」

「내가 왜 그녀를 만나야 하지?」 그는 또 그녀의 속임수에 걸려들고 말았다.

「별것 아니에요. 그냥 재미 삼아 한 말이에요.」 그녀는 천장을 뚫어져라 바라보면서 거미줄을 연구하는 척했다.

「좋아!」 그는 문득 크게 깨닫는 바가 있었다. 「문 앞의 그 큰 나무가 집을 무너뜨리게 될 거다. 모두가 그렇게 말하더구나.」

제3장

1

 그녀는 마른 잎이 사삭사삭 지붕 위와 땅바닥에 떨어지는 소리를 들었다. 몸 안의 갈대가 파박파박 서로 스치며 내는 폭발음도 들었다. 그녀는 이미 일주일째 대변을 보지 못하고 있었다. 아마도 먹은 음식이 전부 갈대로 변해 뱃가죽 안에 곧게 서 있는지도 모를 일이었다. 그녀는 책상 위에 있는 유리 항아리에서 물을 따라 마셨다. 그녀는 쉴 새 없이 물을 마셔야 했다. 그러지 않으면 갈대가 불타올라 그녀를 태워 죽일 수도 있기 때문이었다. 한번은 그녀가 입을 열었는데 입안에서 타는 냄새가 뿜어져 나온 적도 있었다. 그녀가 크게 구토를 하자 입안에서 연기가 뿜어져 나왔다. 불꽃이 일기도 했다.
 「넌 계속 물을 마셔야 해.」 검은 그림자가 창밖에서 말했다.

그녀는 유리 항아리 가득 들어 있던 물을 다 마시고 나서 문을 열었다. 검은 그림자가 바람처럼 들어왔다. 해바라기 냄새가 났다.

「몸에서 해바라기 냄새가 나네요.」그녀가 검은 그림자를 등진 채 말했다.

「맞아. 방금 아주 머나먼 곳을 생각하고 있었어. 길고 긴 산비탈에 해바라기가 한 줄로 심어져 있고 산자락에는 샘물이 흐르고 있었지. 그런 것들을 생각하고 있었기 때문에 내 몸에서 해바라기 냄새가 나는 거야. 너도 상상 속에서 그 냄새를 맡은 거야. 그건 실존하는 냄새가 아니야.」

「나는 쉬지 않고 물을 마셔야 해요. 그러지 않으면 타 죽을지도 모르거든요.」그녀는 또 유리 항아리에 가득 물을 담아 탁자 위에 놓아두었다. 「내 몸 안에 뭔가 문제가 있는 것 같아요.」

「나는 이미 그런 노력을 포기했어.」그는 무척 난처한 표정이었다. 「네 생각은 정말 정확했어. 결국 나는 아무것도 아니야. 나는 담장 밑에 찰싹 달라붙어 지나다니면서 바지에 똥을 쌌어. 언제나 날이 어두워지면 내 그림자가 땅 위에 아주 길게 늘어지고 나는 울기 시작하지.」「그래, 맞아요.」그녀는 자상한 눈빛으로 그를 바라보았다. 그녀의 눈에서 그의 형상이 섬섬 흐릿해졌나. 「날 봐요. 일바

나 평안해요. 나는 외부의 자극은 받지 않아요. 내게는 다른 고민이 있지요. 내 몸 안에 뭔가 문제가 생긴 것 같아요. 나는 계속 물을 마셔야 해요. 정말 억울해 죽겠어요. 바깥의 태양 아래 어딘가에서는 매미가 나뭇가지 위에서 긴 울음을 울지요. 아주 단조롭고 평화로워요. 벌써 가을이라 숲 안이 바싹 말라서 불타는 것 아닌가요?」

「네가 벽 틈새에 온통 종잇조각을 붙여 놓았지만 나는 네 몸속에서 갈대가 파박파박 터지는 소리를 들을 수 있어. 일주일 동안 대변을 보지 못했다고 했지. 그게 정말이야?」

「대변만 못 본 게 아니라 땀도 전혀 안 났어요. 예전에는 항상 온몸에 땀을 흘린 채로 침대에서 일어났는데 말이에요. 질항아리 안에 작은 귀뚜라미를 한 마리 키웠는데 어제 죽었어요. 녀석은 크게 자라지도 못했지요. 어쩌면 이 집의 귀뚜라미들은 다 자라지 못하는 건지도 몰라요. 전에는 이런 점에 주의를 기울이지 못했지요. 당신에겐 딸이 하나 있잖아요. 그건 어떻게 된 일이지요?」

「그 일은 나도 의아하게 생각해. 여기서 눈을 감고 생각에 잠겨 봐도, 아무리 해도 그 애 모습이 떠오르지 않아. 당신은 그 애가 애당초 존재했을 리가 없다고 말하고 싶겠지. 나도 실존하지 않는 허상이니까. 안 그래?」

「숲 가장자리에 핏빛 해가 걸려 있어요. 무서울 정도로 붉은빛이에요. 우연히 그곳을 바라봤더니 관자놀이 양쪽이 부어올라 아파 죽겠어요. 참새가 내 머리 위에서 요란하게 울어 대고 마른 잎이 머리와 어깨 위로 쉬지 않고 떨어져 내렸어요. 어떤 사람이 길을 가다가 노기등등하게 나한테 대고 가래를 뱉더니 무거운 걸음으로 시멘트 길 옆을 밟자 쿵쿵 소리가 나더라고요.」

「나도 같은 시각에 가서 봤어. 숲의 또 다른 곳에 있었지. 나는 해가 떨어질 때까지 계속 서 있었어. 그때 귀뚜라미가 힘들게 울고 주변의 초목이 살아 있는 것처럼 흔들리자 내 온몸이 밝게 빛났어. 어쩌면 그 귀뚜라미들은 마지막 한 무리였을 거야.」

두 사람은 그곳에 누워서 가을바람이 지붕 위를 바삐 달려가는 소리를 들었다. 어느 집 어린아이가 새총에 돌을 얹어 기와를 향해 쏘는 소리도 들었고 마지막 작은 귀뚜라미 한 마리가 옹기 항아리 안에서 신음하는 소리도 들었다. 두 사람은 겁에 질려 서로를 꼭 끌어안고 있었다. 그러다가 서로를 역겨워하며 다시 떨어졌다.

「당신 티셔츠 겨드랑이에 시큼한 땀이 났어요.」

「이건 오늘 아침에 갈아입은 거라고!」

「그럴 수도 있겠지요. 하지만 내게는 냄새가 난단 말이에요. 전에 당신은 단내가 난다고 했지만 아마 그때 잘못 알았을 거예요. 그저 신 냄새일 뿐이었던 거라고요. 그렇게 높은 산은 있을 수가 없어요. 아무리 산 정상이라 해도 태양을 잡을 수는 없지요. 당신이 완전 잘못 생각한 거죠?」

「하지만 나는 이런 얘기를 하는 게 좋아. 어차피 뭔가를 얘기해야 하니까.」

「맞아요. 나도 얘기하는 걸 좋아해요. 우리 둘 다 잘못 알았던 건지도 몰라요. 그래서 뭔가 할 얘기가 생긴 거지요. 예컨대 방금 당신이 왔을 때 온몸에서 해바라기 냄새가 났잖아요. 그래서 우리는 해바라기에 관해 얘기하긴 했지만 사실 그건 존재하지 않는 해바라기라는 걸 당신도 잘 알고 있잖아요.」

「우리 장인은 딸한테 집 안에 있는 물건들을 훔쳐서 처가로 가져오라고 계속 부추기고 있어. 부녀는 내가 그걸 모르는 줄 알아. 그래서 꼭 연기하는 것처럼 행동하지.」

「사실 당신은 그에 대해 전혀 신경 쓰지 않잖아요.」

「나는 두 사람의 연기를 모르는 척하면서 일부러 화난 모습을 보였지. 때로는 노인네가 딸을 꼬드기는 이상한 모습을 보면서 숨어서 크게 웃어 댈 수 없는 게 한스럽기도 했어. 어제 내 딸이 나한테 달려와서는 자기는 엄마가 죽도록 싫어서 더 이상 견딜 수 없다고 하더라고. 그 여자는 아침부터 저녁까지 딸에게 온갖 압력을 가하고 자기 전에는 딸 베개 밑에 쥐를 숨겨 두기도 해. 딸이 친구에게

쓴 편지를 훔쳐다 태워 버리고 딸이 문을 나설 때 옷을 거지처럼 입혀 내보내지. 딸이 문밖에 나가자마자 뒤를 밟으면서 누구에게 교태를 부리지는 않는지 살피기도 하고. 결국 딸이 고개를 들고 다닐 수 없게 만들어 놓고 정작 자기 동료들이랑 있을 때는 딸이 훌륭한 재목이 되기 위해 분발하고 있으며 머지않아 큰 성취를 이루게 될 것이라고 추켜세워. 딸이 또 집 안의 물건들을 엄마랑 외할아버지가 서로 짜고 친정으로 빼돌린다고 말해 주더라고.」

「그래서 당신은 뭐라고 했어요?」

「나 말이야? 난 절대 속임수에 넘어가지 않아! 눈을 커다랗게 뜨고 버럭 소리를 질렀지. 〈썩 꺼져 버려!〉 딸은 혼비백산하더니 한참이 지나서야 억울하다면서 이렇게 말하는 거야. 〈아빠한테 몰래 일러바치려고 왔는데 오히려 내게 고함을 치시네요.〉 내가 더욱 화가 나서 사납게 말했지. 〈누가 너더러 몰래 그런 걸 일러바치라고 했어? 첩자 노릇을 하다니! 어린 나이에 벌써 이런 수작을 배우면 어떡해!〉 딸은 너무 놀라 나를 한 번 힐끗 쳐다보더니 연기처럼 도망쳐 버리더군. 과연 밤이 되자 아내가 찾아와서는 몹시 화를 내면서 내가 자신을 도둑으로 의심한다고 따지더라고! 나는 딸이 자고 있는 방으로 뛰어 들어가 그 애 침대 위를 마구 뒤져 종이 상자 하나를 찾아냈어. 그 안에는 고양이 꼬리 반쪽이 들어 있었지. 내가 그걸 딸

아이 얼굴 위로 던져 버렸더니 그 애가 갑자기 경련을 일으키더라고! 이 사람들은 진짜 미친 거야.」

「정말 그런 일이 있기라도 한 것처럼 그럴듯하게 말을 잘하네요. 당신은 같은 시각에 숲의 또 다른 구석에 서 있었다고 하지 않았나요? 그리고 어떤 것들을 보았다고 했지요.」

「그곳에 서 있을 때 아주 긴 연기 기둥을 봤어. 도시 전체가 붉은빛 속에서 흔들리고 하늘에서는 꽉꽉 소리가 났지. 뭔가가 진흙탕 속에서 비틀거리며 기어 올라오더군. 등에는 균열이 가 있고 암홍색의 핏자국이 긴 줄을 이루고 있었어.」

「하늘 가득 붉은빛이었다고요?」

「하늘 가득 붉은빛이라 머리가 아찔하고 눈앞이 캄캄했다니까. 나는 마음속으로 무척 괴로워하면서 그것이 어쩌면 기어 올라오지 못할 것이라는 생각이 들었어. 가장 가까이에 있는 돌출된 바위 하나가 그걸 뒤로 벌렁 나자빠지게 하는 건 아닌가 했지. 그게 어디까지 기어 올라갈 수 있을까?」

「어디까지 기어 올라갈 수 있을까요?」 그녀가 메아리처럼 말을 받았다.

바람이 커튼을 열어젖혔다. 책상 위에 쌓인 가늘고 하얀 먼지가 바람에 흩날려 집 안 가득 높이 날아올랐다. 유리 항아리에 담긴 찬물이 짤랑짤랑 소리를 냈다. 두 사람은 필사적으로 면 담요를 눌러서 허공에 날아가지 않게 했다. 비행기 한 대가 날아와 무거운 굉음을 냈다. 마치 그들의 머리 위에 고정되어 있는 것 같았다. 바람이 두 남자가 대화하는 소리를 그들의 귓가에 전달해 주었다. 그 소리는 때로는 멀고 때로는 가깝게 다가왔다.

「친구, 값나가는 물건은 전부 집 뒤쪽의 그 우물 안에 있네.」 달콤한 목소리가 그를 유혹하고 있었다. 「양수기를 빌려 올 수만 있다면 자네는 하룻밤 사이에 큰 부자가 될 걸세. 몇 년을 기다렸나? 가끔씩 나는 자네가 몰래 다가와 내 머리를 베어 갈까 봐 두렵더군.」

「자네는 완전 잘못 짚었네. 나는 부자가 되고 싶은 마음이 추호도 없어. 나는 그저 나의 한몫에 속하길 바랄 뿐이네. 자네는 항상 무에서 유를 창조해 내니 내게 이야기나 좀 지어내서 들려주게.」 다른 목소리가 강경한 어투로 말했다.

「어째서 부자가 되지 않겠다는 거야? 사람이라면 마땅히 원대한 이상과 포부를 가져야지. 내가 어렸을 때, 줄곧 금괴 한 덩이를 찾겠다는 욕망이 나를 유혹하곤 했지. 그래서 나중에는 도굴을 하기도 했잖아. 그 짓을 하는 밤에는 어린 전나무가 쉰 목소리로 울부짖고 도깨비불이 유성처럼 주위에 떠다녔어. 그리고 셀 수 없이 많은 검은 그림자가 어지럽게 무덤 사이에 출몰했지. 나는 결국 금괴를 발견했어. 땅속에서 번쩍번쩍 빛나고 있었지.…… 최근 몇 년 동안 자네는 매일 밤마다 주사기로 내 딸의 골수를 뽑아서 침대 발치에 있는 유리병에 담고 그 안에 지네를 담그기도 했잖아. 내 딸이 목욕을 할 때면 자네는 즉시 병 안에 있는 것들을 전부 욕조에 쏟아 그 애를 완전히 망쳐버렸어. 자네와 내가 친구 사이라 내가 이런 일들을 전혀 모를 거라고 생각했겠지만 사실 내 딸은 매일 날 찾아와 자네가 한 짓을 전부 얘기해 주었네. 그러고는 눈물을 뚝뚝 흘리면서 목 놓아 울었지. 자네는 내게서 돈을 얻지 못해 그런 짓을 한 거야. 그렇지 않나?」

「나에 대한 당신의 모함을 전부 우리 엄마한테 말해서 우리 엄마가 얼마나 대단한지 깨닫게 해주지. 우리 엄마는 절대로 만만한 사람이 아니야. 매일 밤에 뱉는 가래를 한데 모으면 당신이 그 안에 빠져 익사하게 할 수도 있다고. 당신 일가 사람들은 전부 음모가들이야. 당신 딸은 나에게 시집오기 전부터 이미 미쳐 있었어. 단지 순박한 내가 알아차리지 못했을 뿐이지. 쳇! 당신도 생각해 보라고. 8년 동안 그 여자는 줄곧 집 안에서 몰래 귀뚜라미와 지네를 키우고 있었어. 정말 소름이 끼치는 일이지. 내가 밤낮으로 놀라서 걱정하는데도 그 여자는 계속 살충제를 사 가지고 왔어. 꼬박 8년을 그런 독충들과 싸우다 보니 나

자신이 정신 착란을 일으킬 정도였다고. 8년의 청춘이었어! 인생의 가장 빛나는 황금기였단 말이야! 젠장! 지금 당장 가 보라고. 이미 벌레 소굴이 되어서 거기서 하룻밤만 자도 벌레들이 뼈만 남기고 다 갉아 먹을 테니까.」

「자넨 나를 웃겨 죽이려는 건가? 〈8년의 청춘〉이라고? 〈인생에서 가장 빛나는 황금기〉라고? 누구한테 보여 주려고 그런 태도를 보이는 건가? 자넨 부끄럽지도 않나? 내 딸은 매일 내게 자네의 오점을 다 얘기하지. 때로는 한밤중에도 날 깨워 자네의 죄행을 다 털어놓는단 말일세. 만일 내가 그 애가 한 말을 흉내 내서 들려주면 자네는 놀라서 악몽을 꾸다가 죽을지도 모르지…….」

두 남자의 발걸음 소리가 점점 멀어지더니 완전히 사라졌다. 큰 파리 두 마리가 모기장 안으로 도망쳐 들어와서는 계속 빙빙 돌고 있었다. 그들의 얼굴을 물려고 하는 것 같았다. 아무리 쫓아내려 해도 쫓을 수 없었다. 그가 낙담한 듯 몸을 일으켜 땀이 난 등을 그녀에게로 향한 채 티셔츠를 입기 시작했다. 뭔가에 눌려 쭈글쭈글 구겨져 있고 그 위에는 점박이 나방이 한 마리 붙어 있었다. 그가 무서워서 맹렬하게 옷을 털자 나방이 바닥에 떨어졌다. 그녀는 땀이 난 그의 좁고 긴 등을 바라보면서 자신의 눈길이 나방으로 변하는 것을 상상했다. 그런 다음, 진저리 나게 트림을 두 번 하고는 손을 뻗어 유리 항아리을 들어 올려서 고개를 든 채로 물을 마셨다. 아주 배불리 마셨다. 유리 항아리를 내려놓는 순간, 그녀는 이미 계단을 내려가고 있는 그의 발걸음 소리를 들었다. 그가 잤던 베개가 반원 모양으로 우묵하게 들어가 있었다. 그녀가 베개를 들어 냄새를 몇 번 맡아 보니 땀 냄새가 났다. 그녀는 베개를 벽 구석으로 던져 놓고 다시 누워 잠이 들었다. 누군가 뒤쪽에 있는 하수도에 소변을 보고 있었다. 쉬익 하는 소리가 거침없이 들려왔다. 아주 긴 소변이었다. 그녀가 창문 쪽으로 다가가 밖을 내다보니 티셔츠가 보였다. 그는 아무 일도 없었다는 듯이 태연하게 바지 앞섶의 단추를 채우면서 코도 풀었다. 그녀는 재빨리 옆으로 피해 몸을 숨겼다. 그가 큰 소리로 하품하는 소리가 들렸다. 동시에 창문 유리를 통해 젖은 티셔츠의 솔기가 뜯어지면서 그의 겨드랑이에 난 검은 털이 드러나는 것이 보였다. 이어서 그녀는 눈을 감고 뜨거운 상상 속으로 들어가려고 온 힘을 다 썼다. 그녀의 상상 속에는 항상 굵은 양모로 짠 외투를 입은 성년 남자가 등장했다. 한동안 기개가 넘치던 남자는 또 금세 부드러운 어투로 듣기 좋은 얘기를 해주었다. 그렇게 줄곧 그녀의 귀가 윙윙 울리도록 이야기했다. 이미 황혼 무렵이었다. 지는 해가 창문 유리를 비췄다. 수많은 작은 벌레가 창문 유리 위를 기어다니고 있었다. 무슨 집회라도 여는 것 같았다. 아주 먼 어딘가에 장례 행

렬이 지나가고 있었다. 노부인 하나가 목소리를 길게 끌면서 익살스럽게 소리를 지르며 악랄하게 슬픔을 흉내 내고 있었다. 황혼 무렵에는 항상 무수히 많은 작은 소리가 울려 무척이나 소란스럽고 불안했다. 이 모든 것의 뒤에 거대하고 저항할 수 없는 파멸이 가까이 다가오고 있었다. 예전에 그녀는 해 질 무렵에 시험 삼아 지나간 노래를 흥얼거린 적이 있었다. 그랬더니 그 노래가 고드름처럼 입술에 얼어붙었었다. 그녀는 눈을 커다랗게 뜨고 방 안을 한번 훑어보고는 철제 울타리가 얼마나 단단한지 더듬으면서 이웃집 남자를 〈여보세요!〉 하고 불렀다. 놀란 표정으로 이상하다는 듯이 몸을 돌린 남자는 뿌연 유리 뒤에 서 있는 이 여자를 한참이나 자세히 뜯어보았다. 한 가닥 자신감에 찬 냉소가 그녀의 입가에 떠올랐다. 그녀는 실 담요를 몸에 걸치고 집 안을 미친 듯이 뛰어다니기 시작했다. 실 담요가 허공에 날리면서 획획 분노의 소리를 냈다. 천장에 달라붙어 있던 나방이 놀라서 날다가 또 담요에 부딪혀 바닥에 떨어져서는 서서히 죽어 가며 몸부림을 쳤다. 숨을 헐떡거리며 멈춰 선 그녀는 옷장 거울에 비친 잔뜩 짓무른 무수한 혀를 보았다. 그녀는 창문 유리에 비친 희미한 석양빛이 두려웠다. 그 누르스름한 빛 한 줄기가 그녀의 눈을 너무나 아프게 찔러 댔다. 그녀는 짙은 색 담요로 유리를 덮었지만 여전히 별처럼 흩어진 광점들을 다 막지는 못했다.

「나 오늘은 갈비찜을 먹고 싶지 않아. 좀 새로운 음식을 생각해 낼 수는 없어? 예컨대 무말랭이고추볶음 같은 것 말이야.」 이웃집 남자가 말했다.

「어떻게 갈비찜이 질릴 수가 있지요?」 여자가 비웃음 가득한 목소리로 말을 받았다. 「고깃덩어리를 좀 더 넣으면 더 신선하게 느껴질 거예요. 나는 아무리 해도 당신이 갈비찜에 질리리라고는 생각도 할 수 없었어요. 그건 미친 사람들이나 할 생각이니까요. 불쌍한 사람, 정신이 흐리멍덩해졌나 봐요.」

2

그녀는 커튼 한 귀퉁이를 젖히고 음침한 눈빛으로 밖에 서 있는 사람들을 바라보았다. 그런 다음 시험 삼아 철제 울타리를 몇 번 움직여 보고는 그들을 향해 난폭한 표정을 지어 보이며 커튼을 닫았다. 「해가 서쪽에서 뜨는 게 아니고서야!」 그녀가 집 안에서 도발하듯 소리를 질렀다.

문밖에 있던 네 사람이 처음에는 놀라서 멍한 표정을 짓더니 나중에는 일제히 돌진해 거세게 문을 두드렸다. 작은 집 전체가 흔들렸다. 그러더니 네 사람은 갑자기 약속이라도 한 듯이 일제히 동작을 멈추고는 서로의 얼굴을 쳐다보았다.

「우린 그녀를 이길 수 없어요.」아주 긴 침묵이 이어지다가 마침내 라오쾅이 맥없는 어투로 말했다.「모든 문과 창문에 창살을 설치해 놓았어요. 그 여자가 전에 내게 설치하라고 시킨 거죠. 그 여자에게는 일찍감치 이런 비열한 의도가 있었던 거예요. 그녀는 항상 나를 속였어요.」

그녀는 앞에서 비틀비틀 걷고 있었다. 몸에서 수분이 배출되지 못해 항상 몸이 무거웠고 피부는 너무 괴로울 정도로 팽팽하게 당겼다. 손과 다리를 굽혔다 펴는 것조차도 너무나 어려웠다. 그녀는 항상 이뇨제를 먹었다. 오늘 아침에도 일어나자마자 약을 먹었다. 의사가 일찍이 약을 연속해서 먹지 말라고 여러 차례 경고했지만 너무나 힘들어서 어쩔 수가 없었다.

그녀를 따라잡으려 하자 삼 줄기처럼 가는 그의 다리가 부들부들 떨렸다. 야위고 작은 그림자가 그녀의 검고 커다란 그림자와 갑자기 겹쳤다가 또 갑자기 떨어지기를 반복했다. 그는 그녀가 부종 때문에 몹시 고통스러워하는 모습을 멀리서 바라보았다. 그녀의 희고 노쇠한 얼굴도 흥분으로 가볍게 떨리고 있었다.

「알고 보니 걔가 우리 모두를 속였던 거야.」그녀와 어깨를 나란히 하게 되었을 때 그가 입을 열었다.「정말로 역사직인 오해였지. 이번에 걔가 우리에게 한 빙 믹인 거야!」

 그녀가 어리둥절한 표정을 지었다. 걸음을 멈추려는 것 같았다. 그러다가 생각이 바뀌었는지 그와 어깨를 나란히 하여 계속 걸었다.

「당신 생각은 어때? 이건 치욕이 아닐까? 사람들이 어떻게 볼까? 우리 둘의 명예가 밖에서 어떻게 달라질 것 같아? 도저히 예측이 불가능하겠지! 이번에는 뭐든지 끝난 거 아니겠어? 안 그래?」 그가 신바람이 나서 가슴을 문지르며 말했다.

「나는 그 작은 집을 부숴 버릴 거예요.」 그녀가 잇새로 한 자 한 자 또박또박 말했다. 그는 그녀의 몸에서 노쇠한 신체 특유의 야릇한 냄새를 맡았다.

「우리 둘이 연합해야 해.」 그는 추호의 주저함도 없이 이렇게 선포하고 곁눈질로 사방을 살피고 나서 무척이나 신비한 어투로 중얼거렸다. 「우선 그 애의 동기를 분명히 해야 해. 걔가 어떤 이유로 자신을 작은 집 안에 가두고 세상과 단절하려는 건지 분명히 알아야 한다고. 이건 정말 미묘한 문제야. 내게 단서가 좀 있긴 하지. 이 단서들은 전부 그 건달 사위와 관련된 거야. 당신이 알아챘는지 모르겠지만 그놈은 밤마다 거리를 천천히 거닐면서 길을 지나가는 행인들이 남긴 침을 수집해 자기가 들고 다니는 서류 가방에 넣더라고. 하루는 그가 말다툼을 하다가 자신이 모은 침에 나를 빠뜨려 죽이겠다고 하는 거야! 그 뒤로 나는 잠을 제대로 자지 못할 뿐만 아니라 종아리에 자주 쥐가 나.」

그녀가 그의 몸에 눈길을 던졌다. 그 눈길에서 따뜻함이 흘러나왔다. 하지만 그녀의 얼굴에 난 모든 주름마다 음산한 기운이 가득 담겨 있었다. 그녀는 숨을 헐떡거리면서 힘들게 바위 같은 다리를 들어 올리고는 고통스럽게 입술을 일그러뜨리며 말했다. 「나는 더러운 물을 잔뜩 빨아들인 썩은 고기 같아요.」

그들이 먼지로 가득한 그 낡은 집 안으로 들어섰을 때 모든 방에서 천장의 석회가 사사삭 하고 내려앉고 쥐들이 우당탕탕 달리기 시합을 하는 소리가 들렸다. 그는 또 옛날의 그 등나무 의자에 앉았다. 앉자마자 벽에 걸린 괘종시계가 무섭게 울렸다. 공허하면서 그윽하게, 다 합쳐서 열두 번 울렸다. 「이 괘종시계는 지금 나를 계속 속이고 있다니까요.」 그녀가 얼굴에 차가운 미소를 띠며 말했다. 「집 안에 있는 모든 물건이 내게 맞서고 있어요. 어느 날 창문을 열었지요. 그랬더니 바람이 벽에 남아 있던 곰팡이 냄새를 안으로 날려 보내 모든 가구가 그 냄새에 젖어 버렸어요. 석양이 뜰을 비출 때 저는 참새들을 벽에 박기 시작했어요. 이 작업은 그다지 순조롭지가 않아 사방으로 깃털이 날렸지요. 아까 뭐라고 했지요? 그 애는 왜 그러는 걸까요? 나는 그 애의 목표가 오로지 나한테 있다고 말할 수 있어요. 걔는 내가 철저히 실패하고 명성을 잃게 되기를, 아침저녁으로 바라고 있지요. 걔가 어떤 구상을 갖고 있는지는 아무도 모르지만 나는 더없이 확실하게 잘 알고 있어요. 내가 창밖에 서 있을 때, 그 애는 모기장 안에서 독살스럽게 이를 갈고 있었어요. 걔가 나를 문 적도 있어요. 기억나요? 그때 거의 목숨을 잃을 뻔했잖아요. 당신 혹시 나랑 같이 식사하고 싶은가요? 아주 오랫동안 나는 밥을 하지 않았어요. 줄곧 가게에서 사 온 컵라면을 먹고 있지요. 내 부종이 비타민 결핍 때문이라고 말하더군요. 원래는 나도 무척 건강했어요. 그 애를 상대로 끝까지 겨룰 수 있었지요. 하지만 지금은 완전히 무너져 버렸어요. 걔가 이런 방법을 생각해 냈기 때문에요. 내 얼굴에 난 검은 반점 봤어요? 나는 오래 못 살아요. 오늘 밤에 천둥이 치면 나는 반드시 그 나무의 상황을 살피러 가야 해요……」

썩은 나무로 된 마루 아래서 무겁고 우울한 소리가 들려오면서 먼지가 뛰어오를 만큼 흔들렸다. 자리에 앉아 있던 그는 스프링처럼 튀어 올랐다. 얼굴은 창백하고 목소리는 목구멍에 걸려 있었다.

「이게 무슨 소—리지?」

「돌을 가는 소리예요.」 그녀가 목소리를 낮춰 말했다. 「거대하고 음산한 괴물이 낮이나 밤이나 쉬지 않고 갈고 있어요. 모든 것을 갈고 부숴 버리고 있는 거예요. 무서워하지 말아요. 익숙해지면 괜찮으니까요. 이 쥐들을 좀 보라고요. 쥐들도 이미 익숙해진 거예요.」

이미 오후였고 집 안의 빛이 어두워지기 시작했다. 그들은 끊임없이 그렇게 많은 얘기를 주고받았다. 목이 쉬고 상대방의 얼굴 윤곽이 희미해졌다. 목이 잘려 허공에 떠 있는 것 같았다. 벽에 걸린 괘종시계는 30분마다 한 번씩 울렸다. 괘종시계가 울릴 때마다 그들은 생각이 끊어졌고 그 뒤에는 아주 어렵사리 힘을 들여 다시 시작해야 했다. 결국 그들은 마음이 안정되지 않은 채 침묵하기 시작했고 머리가 목 위로 바위처럼 무겁게 내려앉았다. 이때 갑자기 참새 한 마리가 낡은 방충망에 구멍을 뚫고 날아 들어와 집 안을 반 바퀴 돌더니 재빨리 침대 밑으로 들어가 괴상한 소리를 냈다.

「참새가 매일 저 구멍으로 날아들어요. 침대 밑에는 엄마의 유골함이 놓여 있어요.」 그녀의 목소리가 가볍게 떨리더니 해탈한 것처럼 안도의 한숨을 내쉬었다. 일어나서 뭔가를 찾으려는 것 같았다.

「참새가 집 안에 들어오다니! 당신은 어떻게 이렇게 황당한 일을 용납할 수 있지? 도처에 이렇게 사람을 놀라게 하는 괴상한 물건들 천지야! 맷돌도 그렇고, 참새도 그렇고! 떠돌아다니는 시신이 없으리라고 보장할 수도 없잖아? 당신은 어떻게 지금까지 살아온 건지, 이 일 자체가 내게는 온몸에 닭살이 돋게 하는데 말이야.」

「어제는 예전에 쓰던 술잔에 대변을 보고 빈대 두 마리를 그 안에 집어넣었어요. 결국 밤새 트림을 했지요.」

그녀는 미소를 지으며 회상에 잠겼다. 그는 개벼룩에 물린 것처럼 펄쩍 뛰어오르더니 비틀비틀 밖으로 뛰어나갔다.「당신은 나가 **죽어야 해!**」그는 고개를 돌려 소리를 질렀다.

거대한 맷돌이 돌기 시작했다. 늙은 여자의 얼굴에 얼어붙은 미소가 피어올랐다.

「엄마, 우리에게 큰 재앙이 닥칠 것 같아요!」

그녀가 매서운 눈빛으로 그를 쳐다보았다. 두 개의 송곳처럼 그를 꿰뚫어 버릴 것 같은 눈빛이었다. 비둘기가 〈구구〉 울고 있고 솜틀집에서 작은 꽃들이 빽빽하게 무리를 이루어 나방 떼처럼 창가로 날아왔다. 그녀는 경멸하듯이 그를 쳐다보면서 엄숙하게 가래 통을 들고 와서는 그 안에다 힘껏 가래를 뱉었다.

「나는 옛날에 어린 아가씨였어.」

「그래요, 엄마.」

「내 가슴에 종기가 하나 있어. 생긴 지 이미 10년이 됐지. 최근에는 종기 안에 농양이 생겨 욱신거리는 게 너무나 고통스럽구나. 나는 네가 무슨 애기만 하면 정말 죽고 싶을 정도로 괴롭고, 정신의 평형을 잃게 돼. 그러니 내게 함부로 입을 열지 말거라. 내 정신에 너무 안 좋아. 한 가지 건의할 게 있다. 우리 이 중간 문에 못질을 해서 막아 두고 앞으로 각자 자기 방에 있는 문으로 다니기로 하자. 이렇게 하면 서로 폐 끼치는 걸 막을 수 있고 내면의 평안을 유지할 수 있을 게다.」

「네, 엄마.」

그는 등을 구부리고 밖으로 나갔다. 엄마는 그의 허리띠가 옷 밑단에서 떨어져 나오는 걸 보았다.

얼마 전 어느 밤에 그녀는 메뚜기 잡는 꿈을 꾸다가 갑자기 꿈속에서 나는 우레 소리에 놀라서 깼다. 그녀가 전등을 켜자 두 번째, 세 번째 우레 소리가 연이어 들렸다……. 그녀는 옷을 걸치고 아들의 방 쪽으로 걸어가다가 아들이 둥그런 고깃덩어리처럼 몸을 웅크리고 있는 것을 발견했다. 알고 보니 우레 소리는 떨고 있는 고깃덩어리에서 나오는 것이었다. 「콰르릉, 콰르릉…….」

밤새도록 그녀는 석탄 찌꺼기가 깔린 창밖의 그 길을 왔다 갔다 했다. 발밑에서는 쩍쩍 소리가 나고 가슴속에서는 분노의 신음이 터져 나왔다.

「누구요?」 눈먼 점쟁이 하나가 그녀를 향해 새까맣게 푹 파인 두 눈을 들어 올렸다.

「혼귀로군!」그녀가 매서운 어투로 말을 받았다.

날이 밝아서야 우레 소리는 서서히 가라앉았다.

하지만 다음 날 밤에 또 모든 것이 되풀이되었다. 메뚜기 꿈으로 시작되더니 또 놀라서 잠을 깼다…….

그녀는 큰 걸음으로 아들의 방에 들어가 아들을 세차게 흔들어 깨웠다.

「엄청난 큰비가 와요, 엄마.」아들은 잠이 덜 깨 흐리멍덩한 상태로 말했다.「제가 밭에서 메뚜기를 잡고 있는데 갑자기 요란한 천둥소리가 들리더니 이어서 큰비가 내리는 거예요.」

그녀는 눈을 커다랗게 뜨고 입을 벌린 채 멍한 표정으로 그의 잠꼬대를 듣고 있다가 두 방을 연결하는 문을 힐끗 쳐다보고서야 진상을 알게 되었다. 그의 꿈이 그 문을 통해 그녀의 방으로 들어왔고, 이어서 그녀의 몸으로 들어왔던 것이다.

그 문은 그날부터 그녀의 마음속 근심의 근원이 되었다.

그는 문틈에 붙어서 옆방의 동정에 귀를 기울이고 있었다.

문을 봉쇄한 그날 저녁 무렵, 백발의 거지가 하나 찾아왔다. 거지는 한 손을 품속 깊이 넣고 이를 잡으면서 큰 소리로 말했다.「이 집은 어떻게 이렇게 갑갑하지?」그리고 그를 뚫어지게 쳐다보다가 세 번 허리를 굽혀 절을 하고는 침대 가장자리에 앉았다. 「저 오늘 밤 이곳에서 잘까 합니다.」 그가 신발을 벗으면서 말했다. 그의 몸에서 쥐 냄새가 났다.

「엄마! 엄마······.」 겁이 난 그는 작은 소리로 엄마를 부르면서 집 안을 이리저리 왔다 갔다 하다가 문을 굳게 잠갔다.

그는 투덜투덜 밤새 원망을 늘어놓았다. 침대가 좁다 보니 노인의 냄새나는 발이 계속 입가에 접근했고 이가 한 순간도 쉬지 않고 그를 공격했다.

「왜 전등을 끄지 않는 거니?」 엄마가 옆방에서 위엄 있는 어투로 말했다.

「엄마, 여기 사람이 하나 있어요······.」 노인이 갑자기 죽을힘을 다해 그를 걷어찼다. 그것도 그의 급소를 정확하게 가격했다. 그는 너무나 고통스러워 거의 정신을 잃을 뻔했다.

엄마가 악랄하게 저주하는 소리가 들리더니 잠시 후에는 코 고는 소리가 들렸다. 그날 밤 그녀는 죽은 것처럼 깊이 잠들었다. 눈먼 점쟁이가 또 찾아와서 엄마 방의 창문을 몇 번 두드렸지만 안에서는 아무런 반응도 없었다.

하지만 그는 아무런 꿈도 꾸지 않았다. 누런 불빛이 노인의 얼굴을 비췄다. 그의 긴 백발이 화살처럼 사방으로 펼쳐졌다. 그 모습이 너무나 흉악하고 꺼림칙했다. 노인은 그를 침대 가장자리로 밀어내고 가늘게 마른 다리로 그를 휘감았다. 그의 몸에서 먼지 같은 비늘이 무수히 떨어져 사방에 가득했다. 누런 불빛이 비추는 가운데 방 안에는 눈에 보이지 않는 사악함이 가득했다. 날이 밝아 올 무렵 노인은 침대에서 내려와 절룩거리며 가버렸다.

「엄마! 엄마…….」 그가 방문을 두드렸지만 그 소리는 갓난아이가 두드리는 것처럼 미약했다.

유리 기와 지붕에 석양이 내려오고 바람이 허공에서 슬픔과 즐거움의 소리를 내 사람들을 괴롭게 할 때, 노인이 다시 왔다. 여전히 그 긴 찢어진 포대를 들고 집 안에 들어서자마자 침대에 앉아 신발을 벗었다.

신비하게도 찢어진 포대가 움직였다.

「안에 뭐가 들어 있어요?」

「코브라.」

미친 공포의 밤이었다. 포대 안에서 코브라가 머리를 내밀었다.

그는 담요를 휘감고 문에 바짝 달라붙어 하룻밤을 기다렸다. 그의 콧구멍 안에는 쌀알만 한 종기가 가득 자라나 있었다.

「우리는 그녀를 이길 수 없어요.」 그는 저쪽 문으로 돌아가 엄마의 소매를 붙잡고 서글픈 표정으로 말했다. 「그녀가 곧 기적을 일으킬 거예요. 모든 문에 철책이 박혀 있어요. 전부 제가 직접 박은 거예요.」

「퉤!」 엄마는 가래 통에 가래를 뱉고 나서 그를 향해 쾅 하고 문을 닫았다.

이제 그녀는 매일 밤 깊은 잠을 자게 되었다. 그녀의 아들은 혼자 벽 저쪽에서 메뚜기를 잡았다.

천둥이 치던 그날 밤, 그는 기름종이로 만든 우산을 쓰고 닥나무 아래 있는 작은 집 밖에 서 있었다. 집 안은 온통 캄캄한 어둠이었다. 창문을 사이에 두고 안에서 무거운 숨소리가 들렸다. 그 숨소리에 그는 연기 나는 굴뚝을 떠올렸다. 그는 창문을 기어 올라가 번갯불에 의지하여 재빨리 안을 들여다보았다. 그녀가 고개를 들고 유리 항아리 안에 든 물을 마시고 있는 모습이 보였다. 과연 짙은 연기 두 줄기가 나선형으로 그녀의 크게 벌어진 콧구멍에서 뿜어져 나왔다.

「창문 위에 커다란 거미가 달라붙어 있지?」 그녀가 안에서 조롱하는 듯한 말투로 물었다. 그러고는 기괴한 소리로 흥얼거렸다. 뜻밖에도 노래였다. 계속 같은 노래를 흥얼거렸다. 쓸데없이 길고 단조로운 노래였다. 노래에서는 계속 수염이 없고 눈이 먼 하얀 고양이를 언급하면서 갓난아이 하나가 그 고양이에게 엄지손가락을 물려 선혈

이 뚝뚝 떨어졌다고 말했다. 그 광경이 너무 참혹해서 차마 눈 뜨고 볼 수가 없다고 했다.

「왜 불을 안 끄는 거냐?」
「무서워요, 엄마.」
「벽 틈새로 불빛이 새어 나오는 걸 보고 네 방에 불 난 줄 알았잖냐. 자기 영혼을 잘 관리하도록 해라.」
「절 버리지 마세요, 엄마. 제가 밭에서 계속 기어다니는데 메뚜기들이 제 다리를 마구 물어 온통 구멍이 파였어요.」

3

그는 한 솥 가득한 갈비찜을 문 앞 계단 위에 뿌렸다. 무란이 그릇과 수저를 잘 차려 놓고 식사하라며 부르자 말 없이 다가가 솥을 받아 들고는 갈비찜을 〈휙!〉 하고 계단에 뿌린 것이다. 동작이 아주 깔끔하고 민첩했다.

그는 자리에 앉아 아내의 비꼬는 듯한 눈빛을 바라보았다. 마음속으로는 계속 구토를 하고 싶었다.

「옆집 지붕에 난 구멍을 통해 죽은 참새 한 마리가 천장으로 떨어졌어. 쏜 사람이 없는데 참새가 어떻게 죽을 수 있지?」 그녀는 아무 생각 없이 말했다.

그녀가 나가자 곰보 라오우가 빙긋이 웃으며 들어왔다.

「살충제 없어.」 그는 재빨리 선수 치듯이 말했다.

「그래?」 라오우가 믿지 못하겠다는 듯이 그를 위아래로 한 번 훑어보더니 친근한 척하며 그를 밀어 침대 가장자리에 앉히고는 귀에 대고 조용히 말했다. 「내가 오늘 이 방 의자에 앉아 오전 내내 생각해 봤지만 도무지 알 수가 없어. 자네와 나는 도대체 어떤 관계지? 당신은 내 이웃이자 친구잖아. 안 그래? 나는 항상 자네와 내가 아주 오랜 관계를 이어 왔다고 생각하네. 엄마 뱃속에 있을 때부터 이와 잇몸처럼 서로를 의지하는 관계가 되도록 결정되어 있었던 거지. 자네가 이사해 온 첫날 나는 자네가 너무 낯이 익다고 생각했어. 그날은 하늘의 구름이 붉게 타는 것 같았고 나는 마침 키우고 있던 수탉 열 마리를 쫓고 있었지. 그때 갑자기 자네가 왔어. 초라한 옷차림이 너무나 애처로워 보였지. 내 마음속에서 아주 다정한 감정이 솟아 나왔어. 달콤한 풀 같았지. 그런데 자네는, 자네는 내 감정을 전혀 이해하지 못하는 것 같더군. 자네는 내가 자네에게 달라붙는다고 생각했나? 내 사타구니 사이에 종기가 하나 났어. 보게. 바로 여기야. 자네가 남의 불행을 즐긴다는 건 알지만 의사가 걱정할 것 없다고 말했네. 자네가 해방감을 느끼지 못하도록 내가 말해 주지. 이건 틀림없이 곧 나을 걸세. 의사가 보증했어. 자네와 내가 이와 잇몸처럼 서로 의지하면서 살아야 한다는 것은 엄마 뱃속에 있을 때부터 결정된 일일세.」그는 몸을 일으켜 뭔가 잃어버리기라도 한 것처럼 사방을 둘러보고 또 둘러보고 나서 화를 내면서 자리를 떴다. 하지만 방문을 나서자마자 또다시 바지가 흘러내렸다. 그에 대한 곰보 라오우의 침범은 점점 더 참을 수 없는 지경이 되었다. 어제는 길거리에서 죽어라고 쫓아와 악취가 나는 얼굴을 들이대며 몇 번 입을 맞추고는 깔깔대고 웃으면서 도망쳤다. 그러고는 또 한번 주위에서 구경하고 있던 사람들에게 그의 **사적인 비밀**을 다 폭로하겠다고 말했다. 그때 그의 얼굴빛은 몹시 어두웠다. 놀라서 넋이 나간 것 같았다. 하지만 바로 그 순간, 그는 해방의 느낌을 전혀 느끼지 못했고, 그는 멍하니 라오우의 뒷모습을 바라보았다. 라오우의 바지가 흘러내려 장작개비 같은 허벅지와 사타구니 사이의 검은 털이 드러났다. (고의로 바지가 흘러내리게 한 것이 분명했다.) 그 모습을 본 그는 쥐약을 먹은 것처럼 속이 뒤집혔다. 그는 남의 불행이 전혀 즐겁지 않았다. 오히려 곧 독살당한 비쩍 마른 고양이처럼 경기를 일으키고 말았다.

「자네 안경은 어디로 갔나?」소장이 그의 어깨를 두드리며 말했다. 「아이고, 알고 보니 자네는 아무 일도 안 하고 빈둥빈둥 놀면서 세월을 보내는군! 정말 교묘한 태도야! 동지 여러분, 여길 좀 보세요. 이거야말로 정말 기이한 사회 현상이 아닐 수 없습니다! 이 사람이 매일 여기

앉아 있는데 도대체 어떻게 된 일입니까? 예전에 제게 동료가 하나 있었습니다. 그는 매일 낮에 사무실에 앉아 있다가 밤이 되면 남의 무덤에 가서 도굴을 했지요. 쥐도 새도 모르게 그런 짓을 했어요……. 허허!」

라오류老刘가 그에게 머리를 가까이 들이대고 냄새를 몇 번 맡더니 의심스러운 듯 고개를 가로저으며 중얼거렸다. 「뭔가가 안 맞는 것 같아. 너무나 이상해……. 이 사람 도대체 어떻게 된 거야? 설마 뇌전증이 온 건 아니겠지?」

그는 이웃집 여자가 유리병에 철철 물을 따르는 소리와 꿀꺽꿀꺽 목구멍으로 물이 넘어가는 소리를 들었다. 그는 둘이서 숲에서 본 일에 대해 담론을 벌였던 것이 기억났다. 온몸이 갑갑하고 더워 너무나 고통스러웠다는 생각만 들었다. 그 일들을 최대한 잊어야 했다. 그는 그 일에서 완전히 빠져나오고 싶었다. 곰보 라오우의 이 한 수에 그는 완전히 무너졌다. 그의 바지가 흘러내릴 때 온몸이 지렁이처럼 비틀렸다. 그는 장 천공이라는 병을 들어 본 적이 있었다. 그 자신이 장 천공에 걸린 건 아닐까?

「그 영감은 병원으로 보냈어요.」 무란이 그를 뚫어져라 쳐다보면서 소리 없이 방귀를 몇 번 뀌었다.

「누구 말이야?」

「누가 있겠어요. 그 영감이 자신이 입원한 걸 당신이 절대 알게 하지 말아 달라고 이웃집에 부탁을 했대요. 아마 영감의 다리를 톱으로 자를 거예요. 두 사람 사이에 도대체 무슨 일이 있었던 거예요? 이웃들이 이미 이 일에 관해 얘기하고 있어요. 당신이 고양이를 본 쥐의 눈으로 그를 보고 있다고 하더군요. 또 당신이 이 일에서 가장 의심할 만한 남자가 아닌가 하더라고요. 누구도 직접 보지 못해서 실증할 방법이 없으니까요……」

「나는 장 천공을 앓고 있어.」 말을 마친 그는 또 땅바닥에 쓰러져 경련을 일으켰다.

「그 뒤로 얼마나 긴 시간이 지났을까!」 지지직 여자의 목소리가 벽 틈새를 뚫고 전해져 왔다. 「당신 알아차렸어요? 나뭇잎이 완전히 시들어 발로 한 번 밟으면 곧바로 가루가 되어 버려요. 비가 내리던 날, 나는 꿈속에서 그 뿌리가 부풀어 오르더니 가리가리 찢어지는 것을 보았어요. 뿌리는 왜 그렇게 심하게 물을 마신 걸까요? 지금은 수분이 전부 증발한 상태예요. 불이 내부에서 타올라 며칠 동안 비가 내리지 않자 뿌리 부분이 다 붉은 숯으로 변한 것 같아요. 오늘 아침에 커튼을 걷었더니 나무 꼭대기에서 푸른 연기가 모락모락 피어오르고 나뭇가지가 고통스럽게 벌어지고 있더군요. 그 불은 허화虛火이자 음화陰火였어요. 영원히 밝은 불꽃을 낼 수 없는 불이지요……. 어제 정오에 라오쾅은 나무 아래에 포도나무 시렁이 있는 꿈을 꾸었어요. 그가 와서 내가 냄새를 맡아 보고는 바로 무슨 꿈을 꿨는지 맞혔지요. 그 때문에 그는 미치도록 화가 났어요.」

「좀 더 기다렸다면 무슨 일이 생겼을까?」 그는 마음속으로 그녀의 말에 반박하고 있었다.

「곰보 라오우는 곧 고깃덩어리가 될 거예요.」 아내의 목소리가 귓가에서 윙윙거리는 파리 소리 같았다. 「생각해 봐요. 그냥 고깃덩어리 하나가 땅바닥 위를 굴러다니는 건데 그를 두려워할 이유가 뭐가 있겠어요?」

「지금 우리 집 문이랑 창이 얼마나 단단하게 고정되어 있는지요! 지금 내가 얼마나 안전하다고! 그들이 매일 밤마다 찾아온다 해도 무슨 방법이 있겠어요? 쓸데없이 창밖을 왔다 갔다 하다가 허탕만 치겠지. 실현할 수 없는 괴상한 계획만 갖고 말이죠. 해가 뜨면 내 심장이 가슴 속에서 〈쿵쿵〉 계속 뛰고 나는 커튼을 단단히 쳐서 모든 걸 가려 버려요. 그들은 내가 쥐라고 말하는데 그 말이 맞아요. 나는 음침하고 어두운 곳에 숨어서 가구 물어뜯는 것을 좋아하거든요. 이로 인해 내 이빨은 이미 아주 날카롭게 갈려 있죠. 라오쾅은 나를 쥐약으로 독살시키겠다고 했지만 역시 일시적인 생각에 지나지 않았죠. 그는 그럴 만한 배짱이 없거든요. 그는 통통하게 살찐 한 마리 회충에 불과하다고. 나는 그가 밤에 자기 엄마 창자로 들어가 아주 만족스러워하면서 그 안에 붙어 있는 걸 봤어요. 언젠가는 그의 엄마가 대변으로 그를 내보낼지도 모르죠. 그이가 자기 엄마 항문을 통해 밖으로 밀려 나오는 걸 생각하면 너무 웃긴다니까요.」

그녀의 목소리는 날이 갈수록 미약해졌지만 그 낡은 담요는 하루가 다르게 사나운 분노의 괴성을 질러 댔다.

무란이 고개를 들고 경청하는 모습을 보이더니 쉬 하고 한숨을 내쉬며 말했다. 「그 여자는 이미 끝났어요. 나는 너무 이상한 생각이 들어요. 그 여자는 어떻게 하루 종일 아무 소리도 안 낼 수 있는 걸까요? 내가 벽에 귀를 붙이고 들어 봤지만 아주 미미한 소리조차 들리지 않았어요. 꽤 오랫동안 이랬어요. 몇 번인가 그 여자가 죽었다고 생각했지요. 그런데 한밤중에 또 불이 켜지는 거예요. 어젯밤에는 불이 켜지지 않았고요. 당신도 알아차렸어요?」

「이 일을 당신의 그 작은 공책에 잘 기록해 놓아야 해.」

「그게 무슨 뜻이에요?」

「그게 무슨 뜻이냐고? 나는 이미 내가 하려던 말의 의미를 기억하지 못한다는 뜻이지. 그래서 나 자신도 이해하지 못하는 말을 하게 되는 거야. 나는 항상 내가 하고 싶지 않은 일들을 생각하고 있어. 예컨대 방금 전엔 우리가 뒤쪽에 저수지를 만들어서 물고기를 키우고 있는 게 아닌지 생각하고 있었지. 또 벽이 갈라져서 안에서 뱀 머리가 나오는 게 아닌지 생각했어. 하루 종일 이런 생각들에 묶여 쉬질 못하니 너무 힘들어 죽겠어. 신경 쇠약에 걸릴 정도라니까. 당신은 이미 잠이 들었는데 나는 반대로 눈을 크게 뜨고 옷장 안에서 벌레들이 옷을 물어뜯는 소리를 듣고 있어. 그 소리는 밤이나 낮이나 그치질 않아.」

마누라가 가버리자 장인의 빨간 코가 또 창문 구멍을 통해 들어왔다. 물론 그들은 서로 내통하고 있었다.

「자네는 내가 그 애랑 내통하고 있다고 생각하나?」 그가 익살스럽게 코를 찡그렸다. 「자네가 잘못 생각하고 있네, 사위. 나는 줄곧 그 애를 죽도록 미워하고 있네. 자네 부부가 말다툼을 할 때마다 나는 자네가 그 애를 죽여 버려야 한다고 생각했네. 달리 방법이 없으니 문 뒤에 숨어 남몰래 자네를 응원했지. 하지만 자네는 못 할 걸세. 자네는 왜 이렇게 약해 빠졌는지 모르겠어. 매번 내가 물건을 가지러 올 때마다 딸은 놀라서 소리치면서 내가 도둑이라고 말하는데, 사실 자네는 속사정을 전혀 모르고 있네. 내가 이 집에서 물건을 집어 돌아갈 때면 그 애가 도중에 내 앞을 막아서며 자기와 똑같이 나누자고 요구했다네. 물건을 돈으로 환산해서 자기한테 달라는 거야. 한번은 그 애와 말다툼을 벌이게 되었는데 내 머리를 진흙탕에 집어넣고 내리누르더군. 그 애는 정부情夫가 아주 많아. 정부를 내 집으로 데리고 와 같이 자면서 이 늙은이에게 문밖에 서서 망을 보게 하더라고. 큰비가 와서 옷이 다 젖었는데도 개의치 않더라고. 자네 일은 내가 사원 계단에서 똑똑히 다 보았네. 어떤 일이든지 나의 이 두 눈을 피하지는 못하지. 예컨대 자네 마음속 우환을 나는 손바닥 들여다보듯이 훤히 알고 있네. 자네가 가장 두려워하는 사람이 곰보 라오우라는 것도 알고 있지. 그는 항상 거리에서 자네의 추한 모습을 드러내니까 말이야……」

「**당신** 내가 죽여 버릴 거야!」 그는 갑자기 펄쩍 뛰어올라 영감의 멱살을 움켜쥐고는 험악하게 노려보았다.

「쉿! 자네 왜 이러는 건가? 엉?」 장인은 그의 손을 힘껏 뿌리쳤다. 「미안하네. 난 이만 가봐야겠네. 내가 뭔 소리를 떠들어 댄 거지? 백치한테 또 뭘 기대할 게 있다고?」

12시가 지나자 또 그 유령 둘이 찾아와 달빛 아래를 천천히 거닐었다. 바싹 마른 낙엽이 괴로워하며 스삭스삭 소리를 냈다. 창문을 사이에 두고 그는 유령의 지친 속삭임을 들었다.

「오는 길에 다리 한쪽이 깊은 진흙 구덩이에 빠져 들어가서 아무리 애를 써도 빼낼 수가 없었어. 뭔가가 장딴지를 꽉 물고 있어 바늘로 찌르는 것처럼 아프더군. 이 집에서 새로 태어난 새끼 쥐들이 다 자랐어. 녀석들이 뛰어다니는 발걸음 소리 못 들었나? 우리는 정말 황야의 두 마리 늑대 같아. 안 그런가?」

「아까 침대에서 일어날 때 도저히 다리를 들 수가 없었어. 이뇨제가 나를 너무 괴롭게 해. 최근에는 낮이나 밤이나 벽에 걸린 괘종시계가 30분마다 미친 듯이 울려대. 이제 그 안에 있는 톱니바퀴가 다 녹슬어서 곧 움직이지 못할 것 같아. 그런 임종 전의 발악이 나를 엄청 겁준단 말이야.」

「우린 다 마찬가지야. 나도 어제 잠을 못 잤어. 줄곧 무슨 일이 일어나기를 기다리고 있었는데 밤의 어둠 속에 무수한 얼음 조각이 떠다니고 고양이 한 마리가 벽 구석에서 사람처럼 한숨을 쉬고 있더군. 타다닥, 타다닥……. 셀 수 없이 많은 도둑놈이 창밖을 이리저리 뛰어다니고 있었어. 이상한 일이야. 우리는 어떻게 이렇게 오래 살 수 있는 거지? 진즉에 망가진 존재들 아닌가?」

「내 머리카락이 어떻게 빠졌는지 잘 알지? 그해 가을에는 계속 비가 내려 모든 곳이 다 축축했어. 내가 흔들의자에 앉아서 신문을 읽고 있는데 그녀가 고양이처럼 살금살금 들어왔지. 나는 무슨 예감이라도 한 것처럼 몸을 떨고 있었어. 바로 그때 그녀가 번개처럼 달려들어 내 두피를 쪼아 대고는 도망가 버렸어. 그날부터 내 머리칼이 한 주먹씩 숭숭 빠지더니 두피가 완전히 괴사해 버렸지. 이 나무를 한번 만져 보라고. 불이 붙은 것처럼 손을 델 정도로 뜨거워……. 맞아, 나의 모든 재앙은 바로 그해 가을부터 시작되었네. 그때는 모든 의자의 페인트칠이 잘못되어 앉앉다 하면 바지가 달라붙고 발바닥에서는 항상 땀이 났지. 신발 안이 차갑고 축축해서 발을 쑤셔 넣으면 온몸이 마비되어 움직이지 못할 정도였어.」

그 두 사람은 신음하면서 고통스럽게 땅바닥을 밟으며 소리를 냈다. 탁—탁—탁—탁……

그가 침대 위에서 경련을 일으켰다. 이불이 채찍처럼 그의 벌거벗은 등을 때렸다. 그는 뱀처럼 꿈틀거리는 법을 배워 알고 있었다.

이른 아침, 그의 온몸이 팽팽하게 부어올랐다. 견디기 어려울 정도로 딱딱하게 굳었다.

4

그녀의 다리 한쪽이 침대에 박힌 것처럼 움직이지 않았다. 어제 그녀는 물을 데워 욕실로 가서 목욕을 했다. 1년 내내 청소를 하지 않아 욕실 바닥이 무척이나 미끄러웠다. 그녀는 욕실에 들어서자마자 미끄러져 시멘트 바닥 위로 넘어졌다. 당시 그녀는 왼쪽 다리 안에서 도자기 같은 것이 깨지는 소리를 들었다. 아주 가늘고 약한 소리였지만 분명히 들었다. 그녀는 손으로 바닥을 짚고 일어나 다시 침실로 기어 와서는 썩은 냄새가 나는 끈적끈적한 옷을 입은 채로 침대에 누웠다. 이제 죽음이 그녀의 다친 다리에서부터 시작되고 있었다. 그녀는 죽음을 기다리고 있었다. 죽음이 쉬지 않고 자신의 상반신으로 퍼져 오는 것을 바라보고 있었다. 참새들이 한 마리씩 찢어진 방충망 구멍을 비집고 들어와 절반은 어둡고 절반은 밝은 방 안을 미친 듯이 날아다녔다. 그녀는 아직 자유롭게 움직일 수 있는 손으로 침대 위의 베개를 더듬어 이 귀신 들린 작은 생물들을 향해 집어 던졌다. 어쩌면 밖에는 커다란 해가 떠오르고 있겠지? 옥상 위의 기와들이 햇볕을 쬐어 삭삭 소리가 나지 않을까? 맷돌은 땅바닥에서 공허하고 메마른 소리를 냈다. 그녀는 해가 뜬 하늘에서 죽을 것이고 그녀의 죽음은 이 낡고 음산한 집과 똑같이 어두울 것이다. 그녀는 결국 이 낡은 집과 하나가 될 것이다. 벽에 걸린 괘종시계가 마지막으로 소리를 낸 것은 어젯밤이었다. 미친 듯이 요란하고 어지럽게 울렸다. 시계 내부에서 불가사의한 폭발이 일어나 시계 표면의 유리가 몇 조각으로 깨졌다. 지금 그 시계는 영원히 침묵하고 있고 이미 파괴된 죽음의 유영遺影을 지닌 채 침대 위에 누운 그녀를 무관심하게 쳐다보고 있었다. 그녀의 몸은 부상당한 다리에서부터 썩어 가기 시작했고 그 냄새는 몇 년 동안 욕실에서 나던 냄새와 똑같았다. 그녀는 문득 커다란 깨달음을 얻었다. 알고 보니 여러 해 전부터 죽음은 이미 찾아와 있었다는 깨달음이었다. 그녀는 욕실에서 넘어져 더러워진 옷을 벗어 버리려고 몸부림쳤지만 도저히 벗을 수가 없었다. 옷은 점점 그녀의 피부에 단단히 달라붙어 분리해 낼 수 없었다. 그 냄새는 이미 그녀 몸 내부의 장기 속으로 스며들었고, 그 옷은 그녀와 함께 죽음을 맞았다. 침대 밑의 유골 항아리가 그녀의 등을 떠받치면서 얼음덩이처럼 그녀를 공격했다. 그녀 엄마의 죽음도 이 침실에서 이루어졌고 마지막 시간에 그녀의 몸도 이 침대 위에서 서서히 녹아 버렸다. 그녀는 엄마가 항상 그 괘종시계 소리를 원망하면서 한 번 또 한 번 쉴 새 없이 자신의 심장을 때린다고 말했던 것이 기억났다. 하지만 모든 사람이 그녀 엄마가 정신 착란을 일으키고 있다고 생각하여 아무도 그 말에 관심을 기울이지 않았다. 결국 그녀 엄마는 심장 파열로 사망했다. 죽음을 맞이한 엄마의 그 원망스러운 표정은 지금까지 그녀의 머릿속에 남아 있었다. 그녀는 소리 내어 울고 싶었지만 눈물샘이 막혀 버렸고 목구멍에서는 새끼 고양이가 우는 것 같은 괴상한 소리가 났다. 그녀는 일찌감치 우는 방법을 잊어버렸다. 어젯밤에 그녀와 그녀의 전남편은 갑자기 벌떡 일어나 머리를 죽어라고 그 나무의 가지에 부딪쳤고 곧이어 두 사람은 함께 땅바닥에 쓰러졌다. 딸의 방에는 이미 불이 켜졌고, 불빛은 괴상한 간장색이었다. 그들은 짙은 색 커튼 틈새로 딸의 미라 같은 몸을 보았다. 그녀는 온몸에 실오라기 하나 걸치지 않은 상태였다. 회백색 피부에는 초록색 반점들이

나 있고 반점 위에는 아주 길고 가는 털이 나 있는 것 같았다.

「밖에 굶주린 늑대가 두 마리 있어.」 딸이 깔보듯이 말했다. 「저 아이는 끝났어. 눈먼 고양이가 그의 목을 마지막으로 한 입 깨물었어.」

「정말 가슴 아픈 세월이었어, 비쩍 마르고 허약한 금은화金銀花가 우수수 날려 땅바닥 위에 떨어졌어……」

그녀가 말을 멈추자마자 곧바로 입술이 얼어붙었다. 눈썹 위에도 하얀 서리가 내렸다. 그녀는 성냥 한 개비를 그어 불을 붙이고는 그 불꽃에 입을 맞췄다. 입으로 차갑고 하얀 입김이 쏟아져 나왔다. 불꽃이 꺼지자 더 심한 추위를 느꼈는지 그녀의 온몸이 뻣뻣해졌다. 그녀는 신문지를 잔뜩 찾아내 땅바닥에 한 무더기 쌓아 놓고 성냥으로 불을 붙였다. 불꽃이 그녀의 가슴과 등을 핥았다. 불꽃은 갈수록 더 높이 솟아올랐고 그녀의 몸도 갈수록 더 부드러워지고 민첩해졌다. 피부는 장미의 붉은빛을 띠었고 콧구멍에서는 연기와 불티가 뿜어져 나왔다. 불길이 타오르는 눈은 공포에 질려 더 크게 뜨고 있었다. 불꽃이 천장을 핥기 시작했을 때 흔들리는 밝은 빛에 의지하여 그녀는 전 남편이 커다란 밀랍 덩이처럼 서서히 녹고 있는 것을 보았다. 몸집이 점점 작아지고 있었다. 머리는 경련을 일으키면서 길게 늘어졌고 비참하게 딸꾹질을 했다. 눈동자는 점점 수축되어 작고 가는 흰 점 두 개로 변해 버렸다. 「내 뇌혈관이 터져 버렸어…….」 그는 가련하게 신음하면서 입에서 시꺼먼 뭔가를 토해 냈다.

그녀는 벌거벗은 두피가 너무 간지러워서 힘껏 긁어 댔다. 피가 나올 때까지 마구 긁어 댔다. 그녀는 자신이 머리칼을 잃어버린 일을 잊을 수가 없었다. 그 축축한 가을, 나무 위의 마른 잎들은 피를 흘릴 것처럼 붉었고 벽에서는 검은 물이 흘러나왔다. 그녀는 흔들의자에 앉아 마음이 초조하고 혼란스러워 하루 종일 견딜 수 없었다……. 그러나 맷돌이 다시 소리를 내기 시작하면서 귀를 자극했다. 진동 때문에 벽면의 석회가 벗겨졌다. 놀라서 천장에 부딪친 참새 두 마리가 누더기 조각처럼 바닥으로 떨어졌다. 침대 밑의 유골 항아리가 튀어 오르면서 안에 있던 망자가 힘겹게 이리저리 뒤척였다. 뭔가가 두 개의 맷돌 사이로 떨어져 미약한 소리를 냈다. 가볍게 훌쩍이는 소리 같았지만 무정한 소음에 아주 빨리 삼켜져 버렸다.

거리에서 전남편이 그녀를 바짝 따라가면서 음모자의 눈빛으로 반복해서 그녀를 훑어보더니 무거운 표정으로 말했다. 「우리가 늙어서 무슨 꼴이 되었는지!」

그녀의 눈빛이 부은 눈 틈새로 애써 그의 구멍 난 모자를 발견하고는 그녀가 온몸을 부들부들 떨면서 말했다. 「우리가 얼마나 살았는지 기억해요?」

「아무리 해도 기억이 안 나. 내 머리가 일찌감치 망가졌거든. 요즘에는 창밖에 있는 나무의 마른 잎들이 계속 나를 놔주지 않고 있어. 사삭사삭……. 우리가 얼마나 살았지?」

「꿈속에서 몇 가지 일들이 나타났어요. 전부 비가 오던 그날과 관련이 있지요……. 나는 계단을 내려오자마자 미끄러져 넘어졌어요.」

그녀의 눈빛이 안정되지 못하고 마구 흔들리면서 연처럼 그의 얼굴을 스쳐 지나갔다. 하늘에는 해가 나와 있었다. 빛이 너무 강했다. 그녀는 마지막 남은 미약한 기력을 잃어버렸고 연은 그녀의 눈 속으로 돌아갔다.

「눈앞이 칠흑같이 캄캄해요.」 그녀는 괴로움을 호소하면서 전신주를 붙잡았다. 「나는 곧 눈이 멀 것 같아요. 정말 후회스러워요. 그동안 그것들을 너무 고생시켰어요.」

「누구 말이야?」 그는 몹시 놀랐다.

「내 눈 말이에요.」

「어쩌면 어느 날인가 당신이 방에서 나와 뜰을 향해 천천히 걸어갈 때, 하늘에서 가랑비가 부슬부슬 내리고 뜰 한구석에는 고양이 한 마리가 웅크리고 앉아 구슬피 울겠지. 그러면 당신은 〈됐어〉라고 말할 거야. 그래, 모든 것이 끝났어. 이제 방으로 돌아가면 곧 잠이 들 거야.」

기차가 먼 곳에서 달려오면서 길고 그윽하게 소리를 냈

다. 바퀴가 철로에 스치는 소리가 이어졌다. 한 칸, 또 한 칸 객차가 지나갔다. 한 칸 또 한 칸······.

「당신은 어떻게 그렇게 확신할 수 있어요?」그녀가 화를 내며 말했다.「정반대예요. 이런 결말은 있을 수가 없어요. 그것들은 내 정신 속에 빽빽이 들어차 있고 내가 악몽을 꿀 때만 조금씩 삐져나오는 거예요. 이게 얼마나 오래된 일인지는 기억나지 않아요. 어차피 모든 게 끝나지 않을 테니까요. 엑스레이를 찍어 봤는데 콩팥 안에 온통 작은 돌이 가득 차 있어 허리를 구부리면 안에서 좌르르 소리가 나요.」

낙담한 그는 서글픈 표정으로 입을 오므렸다. 당장이라도 울음을 터뜨릴 것 같았다.「아. 이러다 죽겠지! 이러다 죽을 거야!」그는 절망적으로 탄식했다.「삭삭, 사사삭······. 내 꿈속에도 그 소리가 가득했어. 예전에 나는 동틀 무렵이면 항상 어떤 사람이 석탄재가 깔린 길을 천천히 걸어 다니는 소리를 들었지. 알고 보니 그 사람도 원래 이런 끔찍한 괴로움을 겪고 있었더라고. 그는 어쩔 수 없이 계속 걸음을 옮길 수밖에 없었어. 그리하여 마지막 날이 왔지. 만일 우리가 아주 오래 산다면 어떻게 될까?」

그녀가 서둘러 앞으로 쫓아가자 그는 그녀의 소매를 부여잡고 애절한 어투로 간청했다.「뭔가 좀 더 얘기를 해봐. 좀 더 말해 보라고. 나는 마음이 황량해져서 너무 떨려.」

그의 손가락 사이로 많은 점액이 흘러나와 고무풀처럼 그녀의 소매에 달라붙어 아무리 떼려 해도 떨어지지 않았다. 그의 콧구멍, 눈가에서도 그 노란 점액이 흘러나오기 시작했다. 그는 탄식하면서도 끊임없이 말을 이어 갔다. 해는 사원의 옥상에서 내려오기 시작했고 허공에는 불길한 바람이 불고 있었다. 그녀는 그가 조금도 죽고 싶어 하지 않는다는 걸 알아챘다. 그가 그렇게 끊임없이 떠들어대는 이유는 죽음이 두려워서였다. 그가 자신의 얼마 남지 않은 생명을 그렇게 소중히 여긴다는 사실이 그녀는 너무나 놀랍고 두려웠다. 그의 손가락이 그녀의 옷소매 위에서 경련을 일으키고 있었다. 징그러운 미꾸라지 몇 마리가 살아 움직이는 것 같았다.

「난 당신 얼굴이 잘 안 보여요.」 그녀가 말하기 시작했다.

「계속 말해. 계속 말하라고!」

「당신에게 머리칼에 관한 일은 말했지만 당신이 모르는 일이 한 가지가 더 있어요.」

「말해 봐.」

「나로 인해 벽에 못 박힌 참새들에 관한 일이에요.」

「아주 좋아.」

「어둠 속에서 참새들이 쨱쨱 울고 푸드덕거리더니 입에서 검은 피를 한 방울씩 흘리기 시작했어요. 나는 이불

속에서 머리를 내밀고 구토를 하기 시작했는데 내가 토해 낸 것들과 욕실의 냄새가 똑같았어요. 달빛이 방충망을 비추고 있고 창살은 고통스럽게 신음하고 있었고요. 그때 뜰에서 무언가가 이리저리 걸어 다니더군요. 개인 것 같았어요. 참새들은 곧바로 입을 다물더군요. 서쪽의 그 작은 방 천장에서 또 석회가 한 조각 벗겨져 떨어졌어요. 쥐 한 마리가 재빨리 방 한가운데를 가로질러 부엌까지 달려가더군요.」

「어느 날 밤, 내가 열쇠로 당신 집 대문을 열고 날이 밝을 때까지 뜰을 거닐었어. 참새는 보이지 않았어. 그날 달빛이 없어 주변이 온통 캄캄했거든.」

「그때 나는 구토를 하고 있었고 달빛은 방충망을 비추고 있었어요.」 그녀는 매섭게 고개를 가로저으며 물었다. 「코를 찌르는 냄새가 나던가요?」

「주위가 너무 어두워서 나는 목 좁은 도자기 병 바닥에 떨어진 것 같았어. 산소를 충분히 마실 수가 없어서 하는 수 없이 입을 크게 벌리고 있었지. 산소 부족에 시달리는 물고기처럼 말이야.」

맷돌이 천천히 돌고 있었다. 갈수록 음침해졌고 갈수록 살기등등해졌다. 참새들이 갈려 으스러지기 전에 내지르는 비명이, 분노하여 내리누르는 천둥소리 속으로 점차 사라져 갔다.

옆방 천장 전체가 무너져 내리자 그녀는 코를 찌르는 석회 냄새를 맡았다. 참새 한 마리가 탁 하고 그녀의 이불 위로 떨어지더니 한동안 필사적으로 푸드덕거리다가 죽었다.

그녀는 먼 곳 어딘가에서 강한 천둥이 커다란 나무 한 그루를 쪼개 넘어뜨리는 소리를 들었다.

에필로그

그녀는 여전히 꿈속에 있었다. 나무 타는 냄새가 아주 진하게 났다. 그녀는 꿈속에서 서랍에 들어 있던 케이크가 전부 번지르르하게 반짝이는 빈대로 변한 것을 보았다. 그녀는 몸을 일으켜 마지막 남은 말린 고기를 어미 쥐에게 조금 먹였다. 그녀는 말린 고기를 침대 밑으로 던져 놓고 쥐가 아작아작 씹는 소리에 귀를 기울였다. 부모님은 어제 오지 않았다. 아마도 이것 때문인 것 같았다. 그녀는 충치로 고통스러워하고 있었다. 그녀는 한 시간에 한 번씩 침대 밑에 말린 고기를 조금씩 던져 놓아 어미 쥐로 하여금 씹는 소리를 내게 했다. 그렇게 신경의 극심한 고통을 좀 줄일 수 있었다. 날이 밝자 말린 고기는 다 던져 주어 조금도 남아 있지 않았고 치통도 조금씩 나아졌다. 이때 그녀는 갑자기 어젯밤에 두 사람이 오지 않았다는 것을 기억하고는 다소 의아해했다. 큰 나무는 이른 아침 벼락을 맞고 쓰러졌다. 짙은 연기가 피어올라 하늘로 올라가고 있었다. 연기 안에는 새빨간 불꽃들이 섞여 있었다. 지금 그 나무는 땅바닥에 쓰러져 있고 내부는 모두 불타 아무것도 없었다. 이웃집 남자와 여자가 함께 걸어 나와 땅바닥 위에 어지럽게 널려 있는 나뭇가지 속에서 전에 나무줄기에 걸어 두었던 거울을 찾았다. 두 사람 모두 엉덩이를 높이 치켜세워 부은 얼굴이 거의 땅에 닿을 것 같았다. 그렇게 몸을 구부리고 손가락으로 수은이 흩어져 버린 깨진 유리 조각들을 골라 냈다. 그녀는 커튼 뒤에서 두 사람의 모습을 살펴보면서 딱딱해진 발끝이 땅 위를 구르는 소리를 들었다. 자줏빛으로 부어오른 손가락을 입에 물고 있고 두 눈에 고통의 눈물이 고여 있는 것이 보였다. 하룻밤 사이에 남자는 머리칼이 전부 빠져 버렸고 창백한 두피가 몹시 메스껍게 느껴졌다. 창문을 사이에 두고 그녀는 어렴풋하게 익숙한 땀 냄새를 맡았다. 그가 〈단내〉라고 부르던 바로 그 냄새였다. 신문지가 다 타고 나자 더 이상 태울 것이 없었다. 밖에는 커다란 해가 나와 있지만 뼈는 오히려 얼음물에 잠겨 있는 것 같았고 아침에 일어나니 거의 온몸이 다 얼어붙어 있어 수건으로 미친 듯이 문질러 줘야 다리를 구부릴 수 있었다. 그러지 않으면 마른 대나무처럼 조금만 움직여도 탁탁 소리가 났다. 그녀는 함부로 숨을 힘껏 내쉴 수 없었다. 힘을 주면 코끝에 곧바로 성에가 생겼다. 가장자리가 매우 날카로운 육각형 성에가 끼면 입술을 찔러 피가 흘렀다. 큰 옷장 위의 거울은 이미 검은 천으로 가려져 있었다. 그녀는 오래전부터 거울을 보고 싶지 않았다. 그날 그녀는 퍼뜩 몸에 걸친 옷이 헐렁헐렁하게 펄럭인다는 느낌이 들었고 옷을 벗어 보고 나서야 자신의 몸이 이미 말린 물고기처럼 얇아졌다는 것을 알 수 있었다. 가슴안과 배안이 거의 투명해서 빛에 비춰 보면 매우 가는 갈대가 촘촘하게 들어차 있는 것이 희미하게 보였다. 그녀가 손가락으로 가볍게 두드리면 안에서 텅 빈 소리가 났다. 텅텅! 그녀는 유리 항아리를 들고 고개를 뒤로 젖혀 검게 변한 마지막 물 한 방울을 전부 마셔 버렸다. 졸졸 가는 물줄기가 가슴안에서 배안까지 흘러가는 것이 선명하게 보였다. 그런 다음에는 불가사의하게도 사라져서 보이지 않았다. 그녀는 이미 한 달 넘게 소변을 보지 않았다. 쥐는 결국 고기 조각을 포기하고 무거운 몸을 이끌고 자신의 구멍 속으로 돌아갔다. 그녀는 마른 물고기처럼 거친 양털 담요 밑에서 몸을 떨었다. 스삭스삭 소리가 쉴 새 없이 담요를 문질렀다. 기와 틈으로 남풍이 새어 들어왔고, 담요가 바람으로 가득 부풀어 올라서 그녀를 감싼 채 침대 위 허공으로 떠올랐다. 그러다가 잠시 후에 또 〈퍽!〉 하고 침대 위로 떨어졌다. 남풍에는 비린내가 실려 있었다. 그녀는 그 냄새를 맡자마자 머릿속에 산토끼의 환영이 떠올랐다. 산토끼들은 항상 아주 깊은 수풀 속에 숨어 있었다. 위축증이 이미 하반신까지 번져서 그녀는 침대에서 내려올 수 없었다. 그녀가 따져 보니 이미 두 달 하고도 20일 동안 아무것도 먹지 않았다. 이로 인해 그녀의 몸에서 위장이 점점 사라져 갔다. 지금 그녀는 배를 두드리고 있지만 그녀의 배는 그저 딱딱하고 얇고 투명한 물건에 지나지 않았다. 안에는 갈대 그림자 말고는 아무것도 없었다. 그녀는 오래전부터 낮과 밤을 구분하지 못했다. 완전히 마음속의 느낌으로 날짜를 나누고 있었다. 그녀의 계산에 따르면 그녀는 자신을 집 안에 가둔 지 이미 3년 4개월이 되었다. 이 기간 동안 딱정벌레가 등나무 의자 한 개를 다 갉아 먹고 뼈대만 벽 모퉁이에 남겨 놓았다. 살충제를 뿌리지 않았지만 귀뚜라미들은 전부 얼어 죽어 여기저기 뻣뻣한 사체들만 나뒹굴었다. 물 항아리 안에는 온통 조그만 녹색 벌레가 가득 자라 그녀가 물을 마실 때면 그 벌레들도 함께 그녀의 배로 들어갔다. 어느 날 아침, 잠에서 깬 그녀는 담요가 썩어서 넝마가 된 것을 발견하고는 손가락으로 한구석을 비벼 먼지로 만들어 버렸다. 방 한가운데에 오래전부터 비가 새더니 얼마 지나지 않아 작은 물웅덩이가 생겼다. 날이 맑을 때면 물웅덩이 안에서 작은 개구리가 몇 마리 뛰어나왔다. 그녀의 다리 안에서는 마른 대나무가 갈라지는 소리가 났다. 그녀는 발을 끌면서 집 안을 한 바퀴 돌더니 이리저리 두리번거리고는 삼노끈으로 자신의 긴 쥐색 머리를 묶었다. 그런 다음 서랍을 열어 오래전에 썼던 글리세린 병을 찾아 말라서 갈라진 손가락을 돌아가면서 병에 넣었다. 그렇게 손가락이 다시 아물 때까지 담그고 있었다. 그녀는 조심스럽게 침대에 올라 담요를 잘 덮고 더 이상 움직이지 않기로 결심했다. 그녀의 눈빛은 벽을 뚫고 그 남자가 몸을 움직여 너무나 어려운 자세를 취하는 것을 보았다. 그의 장화 안에는 미끄러운 이끼가 가득 자라 있고 그 야위고 가냘픈 발가락은 전부 파랗게 얼어 미친 듯이 경련을 일으키고 있었다. 그는 애써 안정된 자세를 취하려고 했지만 발바닥이 거대한 신발 밑바닥에서 미끄러져 움직였다. 「모든 파편이 다 타버렸어……. 꽃무늬가 있는 파편의 뒷면에서는 낯선 해바라기 냄새가 났지. 진흙과 모래가 튀어나온 눈알을 찔러 상처를 냈어. 갑자기 하늘이 온통 붉어지더니 진흙탕에서 거품이 일었어. 진정한 결말 같았지. ……아, 아! 어떻게 된 일이지?」 그가 피를 토하자 몸이 천천히 기울더니 썩은 잎이 가득한 땅바닥 위로 쓰러졌다. 그녀의 눈빛이 깊고 그윽해졌다. 그녀의 눈에 엄마가 사는 오래된 공관이 보였다. 공관 위로 꿈틀거리는 초록색 벌레들이 잔뜩 기어오르고 있었다. 작은 방충망에 커다란 구멍이 나 있고 참새들이 그 구멍을 통해 줄줄이 안으로 들어왔다. 남풍이 한차례 불어오자 초록색 벌레들이 벽에서 하나하나 바닥으로 떨어져 무수히 많은 개미에게 습격을 당했다. 부서진 나무통 아래에는 갈라진 나무 신발 한 켤레가 있었다. 그녀가 소녀였을 때 신었던 신발로 이상하게도 지금 그 위에는 목이버섯이 나란히 한 줄로 자라고 있었다. 아버지는 미끄러운 벽을 더듬어 원을 그리며 뜰을 거닐고 있었다. 손톱 안쪽으로 이끼가 깊숙이 파고들었다. 아버지의 두 눈은 백내장을 앓고 있었다. 그는 자신이 빙빙 돌고 있다고 생각하지 않고 곧게 뻗은 길을 따라 어둠의 통로를 계속 지나가고 있다고 생각하고 있음을 그의 얼굴 표정에서 알 수 있었다. 아버지는 이미 뜰에서 사흘 밤낮을 걸었다. 그녀는 엄마를 볼 수 없었지만 찢어진 이불솜에서 희미하게 전해져 오는 엄마의 소리를 들을 수 있었다. 그 소리는 엄마가 자신의 혀를 씹는 소리 같았다. 곧장 몸이 덜덜 떨릴 정도로 고통스러웠다. 아버지는 엄마의 신음 소리를 들었다. 한 줄기 미소가 그의 깊은 주름 속으로 묻혀 버렸다. 그는 계속 벽을 짚으면서 더 열심히 걸었다. 미친 듯이 뛰는 것 같았다. 그의 손톱에서는 피가 한 방울씩 흘러나왔고 발바닥에는 티눈이 가득 생겼다. 「엄마 죽어 버릴지도 몰라.」 그녀는 자신의 목소리가 뜰의 벽을 뚫고 나오는 걸 들었다. 간절한 바람을 담고 있는 여린 목소리였다. 「엄마가 죽으면 이 마당에는 온통 벌레들이 기어 다니게 될 거야.」 하지만 아버지는 그녀의 목소리를 듣지 못했다. 아버지의 귀는 이미 악마에게 홀려서 엄마의 신음 소리를 듣고 있었다. 아주 먼 곳에서 온 흐릿한 외침이 그의 귀에 전해졌다. 그의 얼굴빛이 갑자기 밝아지고 온몸의 신경이 곤두섰다. 백발은 우스꽝스럽게 머리 뒤로 흩날렸다. 벽에 난 이끼는 그가 끊임없이 후벼 파는 바람에 일제히 땅바닥으로 떨어졌다. 그는 여전히 원을 그리며 걷고 있었다. 억측 속의 통로를 향해 걷는 것이었다. 그녀는 맷돌이 엄마의 몸을 가는 소리를 들었다. 처절한 부르짖음도 함께 갈리면서 이리저리 흩어졌다. 뚜둑 소리는 아마도 엄마의 두개골이 파열되는 소리일 것이다. 맷돌이 돌면서 시신은 한 겹의 혼합 액상 물질이 되어 맷돌 받침대 가장자리로 천천히 흘러내렸다. 남풍이 피비린내를 작은 집 안으로 들여올 때 그녀는 가까이 다가온 죽음을 보았다.

「엄마……」 그녀는 갑자기 목구멍에 익숙하지 않은 느낌을 감지했다. 그리하여 이상하게도 울고 싶어졌다. 그녀는 흥분을 억누르고 입으로 졸렬하고 우스운 소리를 흉내 냈다.

그녀의 아버지는 뜰에서 계속 걸으면서 입으로 미꾸라지를 토해 내고 있었다.

그날 저녁 무렵, 경산우는 집으로 돌아가는 길에 다리가 잘린 곰보 라오우가 부서진 등나무 의자에 앉아 두 주먹을 움켜쥐고 그를 향해 울부짖는 모습을 보았다. 그는 밤에 꿈에서 가시나무를 보았다. 그는 벌거벗은 채로 가시나무 위로 뛰어들었고, 온몸이 경련하며, 천천히 영원한 수면에 빠져들었다.

1984년 창사长沙 잉빈루迎宾路에서

옮긴이의 말

인성의 잔인함과 추악함에 대한 극단적 상상

찬쉐의 소설은 평론도 일종의 가설일 수밖에 없다는 명제를 더욱 확실하게 인식하게 해준다. 한 편의 소설에 담긴 작가의 진정한 의도는 작가만이 알 것이다. 그 심오한 의도에 대해 평론가들은 작품의 일반적인 미학적 요소에만 천착하여 온갖 이론과 상상력으로 하나의 가설을 만들어 독자들을 자신들이 만든 편견의 함정에 빠지게 만들기도 한다. 물론 그럴듯한 미학적, 철학적 해석일 수도 있지만 본질적으로는 독자들의 인식을 방해하는 폭력일 수 있다. 찬쉐는 『황니가』나 『오래된 뜬구름』 같은 초기 작품에서 시작하여 가장 최근의 작품들에 이르기까지 이른바 이미지 서사와 극단적 부조리 서사를 유지하면서 독자들을 상대로 상상력 테스트를 하고 있다. 덕분에 독자와 작품 사이에 평론가들이 하는 해석의 개입을 허용하지 않는다. 이는 세계 문학에서 대단히 희귀하고 신비한 사례라고 할 수 있다.

찬쉐의 초기 작품에서는 후기 작품과는 달리 인성의 따스함과 아름다움을 거의 찾아볼 수 없다. 이에 대해 중국의 한 학자는 〈문학 작품에서 현실을 이처럼 추악하고 사람들이 도저히 용인하기 어려운 태도와 집착으로 표현하는 작가는 찾아볼 수 없다. (……) 개인과 환경, 개인과 타인, 개인과 자아 구성의 현실 이야기가 지옥의 묘사로 나타나고 있다. 독자들은 이런 지옥의 상황에서 한 줄기 희미한 빛을 찾아야 한다. 어쩌면 이는 지구 종말의 날의 풍경일지도 모른다〉라고 소회를 밝히고 있다. 실제로 이 작품에서도 작가는 부부와 이웃, 부자와 모녀, 정부, 직장 동료와 친구 등 우리의 일상을 구성하는 다양한 인간관계를 통해 거대하면서도 보편적인 악을 부각시키고 있다. 우리의 일상은 절대로 평온하거나 안전하지 않다. 이미 질투와 원한, 의심과 분노, 냉담과 억압의 그물에 빠져 있기 때문이다. 이것이 인간의 조건이다. 이 소설에 등장하는 모든 사람이 심각한 염탐 욕구의 신드롬을 앓고 있다. 주인공 쉬루화는 이웃들의 생활을 끊임없이 염탐하면서 이를 통해 쾌감을 얻는다. 그녀의 시어머니는 훔쳐보기를 통해 타인을 조종하고자 하는 욕망을 충족시키려 하고, 이웃인 경산우의 아내 무란은 나무에 거울을 매달아 항상 옆집 쉬루화의 일거수일투족을 감시한다. 쉬루화와 라오쾅은 부부 사이다. 쉬루화는 소녀 시절 엄마가 되는 것을 꿈꾼 적 있지만, 지금 그녀의 배는 마른 나뭇가지가 되어 문 앞에 서 있는 나무에 열린 빨간 열매를 정신적 아기로 여기는 수밖에 없다. 라오쾅의 저열한 인성으로 인해 결혼 생활에도 균열이 발생했다. 쉬루화는 결혼 초기 라오쾅이 중학교 교사였을 때를 떠올린다. 그는 항상 학생들에게서 압수한 펜이나 일기장 같은 사소한 물건들을 집으로 가져왔고, 쉬루화는 이렇게 소심하고 인색한 남자와 함께 생활하는 것에 대해 아무런 즐거움도 느끼지 못한다. 아이가 없는 쉬루화는 모종의 혼란 속에서 안정을 찾고자 한다. 무란은 쉬루화가 걸을 때 발걸음 소리도 나지 않는다고 말한다. 그녀는 이 세상에 소리를 남기는 것 자체를 경멸하는 것이다. 그렇게 시어머니의 불만에도 개의치 않고 침묵을 지혜로 삼는다. 경산우는 막 날기 시작한 새끼 참새를 주워서 죽은 사체를 봉투에 넣어 쉬루화의 방 안으로 던진다. 아직 날지 못한 자신의 영혼이 그 작은 참새처럼 죽어 버렸다는 의미로 해석될 수 있다. 이처럼 〈만인에 대한 만인의 투쟁〉이라는 홉스Hobbes적 상황과 다양한 사람들 사이의 관계에 대한 비약된 과장과 극단적 확대가 소설 전체를 지배하고 있고 서사의 전개는 놀라울 정도로 치밀한 논리에 따라 이루어진다. 이를 찬쉐와 그녀의 가족들이 경험했던 극단적인 감시와 비이성의 시대였던 문화 대혁명에 대한 은유로 해석하는 사람들도 있다. 얼마든지 개연성 있는 상상이다. 그 시대는 정말로 인성의 추악함과 생존 환경의 열악함, 서로가 타자인 사람들이 공생하는 환경의 이념적 편향성과 폭력성을 그대로 드러냈던 광기의 시대였다. 인성에 대한 작가의 극단적 비관과 절망이 청소년이었던 그 시기에 이미 절대적 시각으로 굳어졌고, 이것이 인생의 허무와 부조리로 이어진 것인지도 모른다.

한 가지 유념해야 할 사실은 이 작품이 발표된 시기가 1986년이라는 것이다. 이 시기는 1940년대 이후 중국 문학이 장기간에 걸친 극도의 정치화에서 해방된 시기로서, 이른바 중국 문학 정신의 소생으로 평가되는 〈몽롱시朦胧詩〉를 계기로 중국 문학이 진리와 정의, 고상함과 순결함을 회복하는 단계였고, 이러한 문학의 원초적 상태의 회복과 정상화 발전을 위해 작가들과 독자들이 함께 마음의 준비를 하고 있던 시기였다. 그런 의미에서 어쩌면 찬쉐의 문학 서사는 과거 40년 동안 중국 문학과 중국인들의 정신세계를 지배해 왔던 맹목적, 보편적 정치화와 도구화를 탈피하기 위해 작가로서 취한 극단적 방법론일지도 모른다. 그래서 이미 일부 서양 문학의 영향을 수용한 바 있는 독자들마저도 적응하기 어려운 찬쉐의 이미지 서사가 맹렬하게 독자들의 정신적, 문화적 감수성을 자극하여 무방비로 그의 작품 세계에 빠지게 한 것인지도 모른다.

  찬쉐의 작품을 번역하는 것이 나로서는 이미 네 번째이다. 그 사이에 서면 인터뷰도 여러 번 한 바 있다. 지난해까지만 해도 찬쉐는 노벨 문학상 수상자 후보 1순위에 올라와 있었다. 수상에 관계없이 내가 번역을 통해 체감하는 그의 문학 세계는 중국 문학뿐만 아니라 세계 문학 전체를 통틀어 대단한 깊이와 독창성과 갖춘 고귀한 문학 유산이다. 이처럼 고귀한 유산을 우리가 제대로 수용하는 방법은 성실하고 진지한 열독과 사유일 것이다.

2025년 11월
김태성

옮긴이 **김태성** 서울 출생. 한국외국어대학교 중국어과를 졸업하고 같은 학교 대학원에서 타이완 문학 연구로 박사 학위를 받았다. 중국학 연구 공동체인 한성 문화 연구소(漢聲文化硏究所)를 운영하면서 중국 문학 및 인문 저작 번역과 문학 교류 활동에 주력하고 있다. 중국의 문화 번역 관련 사이트인 CCTSS 고문, 『인민문학』 한국어판 총감 등의 직책을 맡고 있다. 『인민을 위해 복무하라』, 『사람의 목소리는 빛보다 멀리 간다』, 『딩씨 마을의 꿈』, 『공산』, 『마르케스의 서재에서』, 『일광유년』 등 130여 권의 중국 저작물을 우리말로 옮겼다. 2016년 중국 신문광전총국에서 수여하는 〈중화 도서 특별 공헌상〉을 수상했고, 2025년 9월 타이완 문화부에서 수여하는 3등 문화 훈장을 받았다.

오래된 뜬구름

발행일	2025년 11월 25일 초판 1쇄

지은이	찬쉐
옮긴이	김태성
발행인	홍예빈
발행처	주식회사 열린책들

경기도 파주시 문발로 253 파주출판도시
전화 031-955-4000 팩스 031-955-4004
홈페이지 www.openbooks.co.kr 이메일 literature@openbooks.co.kr

Copyright (C) 주식회사 열린책들, 2025, *Printed in Korea*.
ISBN 978-89-329-2547-9 03820